PETER BICHSEL

*Im Hafen
von Bern
im Frühling*

RADIUS

Peter Bichsel, 1935 in Luzern geboren, besuchte das Lehrerseminar in Solothurn, war 1955 bis 1968 Primarlehrer, danach Publizist, Dozent und Berater eines sozialdemokratischen Bundesrats. Heute lebt er als freier Schriftsteller in Solothurn. Mit seinem Debut, dem Erzählband »Eigentlich möchte Frau Blum den Milchmann kennenlernen« (1964), profilierte sich Peter Bichsel als einer der wichtigsten Vertreter der deutschsprachigen Kurzgeschichte. Im Radius-Verlag ist 1999 sein Buch *Möchten Sie Mozart gewesen sein? Meditation zu Mozarts Credo-Messe KV 257 – und eine Predigt für die andern. Eine Rede für Fernsehprediger* erschienen. Peter Bichsel war 1998 Kolumnist der Zeitschrift DAS PLATEAU und hat zahlreiche Beiträge für DAS PLATEAU geschrieben.

Die in diesem Buch versammelten Kolumnen erschienen
in den Jahren 2008 bis 2012 zuerst in der »Schweizer Illustrierten«.

ISBN 978-3-87173-933-0
Copyright © 2012 by RADIUS-Verlag GmbH Stuttgart
Alle Rechte der Verbreitung, auch durch Film, Funk, Fernsehen,
fotomechanische Wiedergabe, Tonträger jeder Art,
auszugsweise erfolgenden Nachdruck oder Einspeicherung
und Rückgewinnung in Datenverarbeitungsanlagen aller Art
sind vorbehalten.
Umschlag: André Baumeister
Gesamtherstellung: CPI, Clausen & Bosse, Leck
Gedruckt auf holz- und säurefreiem Werkdruckpapier
Printed in Germany

Es gibt nur eine Sprache 7

Das kleine Zittern mit Onkel Alfred 11

Die alte Schule 15

Die Wichtigkeit des CH-Stempelns 19

Vom Elend der Connaisseurs 23

Der König, den niemand kennt 27

Der Mann mit dem gelben Motorrad 31

An einem Mittwoch 35

Kilroy was here 39

Und etwas können 43

Candides Schweizermeister 47

Von der voreiligen Verteidigung 51

Der Zeitzeuge, der der Sohn der Nichte ist 55

Ein ganzes Leben 59

Als mein Vater über Fußball sprach 63

Das Mädchen mit der Kastanie 67

Adolfs ganze Welt 71

Von der Angst der Vereinsamten 75

Als ich dem Blocher meiner Mutter entwuchs 79

Lukas der Lokomotivführer und die Salzmänner 83

Das Mädchen mit der Zitrone 87

Eine nutzlose Geschichte zum Geburtstag 91

Und Jahr für Jahr ein Frühling 95

Als mein Vater zum Fußball konvertierte 99

Zwischen Babylon und Pfingsten 103

Eine Geschichte aus dem Sommerloch 107

Ob das Schwingen typisch schweizerisch ist? 111

Disziplin, Anstand und Natur 115

Eins, zwei, drei – Abfluß frei 119

Für Jörg Steiner zum Achtzigsten   123

Sonntag, 28. November 2010   127

Kein Platz für Holdener   131

Das Gegenteil von Matterhorn   135

Die Geschichte vom »Ich weiß es nicht«   139

Eines Morgens, als die Sonne durch die Dachluke schien   143

Im Hafen von Bern im Frühling   147

Max Frischs Fragen an uns selbst   151

Dem Otto kommen die Geschichten abhanden   155

Von der Nostalgie der Reichen im reichen Land   159

Die wunderschöne Landschaft Bulgariens   163

Soll ich es dir übersetzen?   167

Woher kommen Sie?   171

Auf ein Bier mit meinem Marabu   175

Herzliche Wünsche zum angezählten Jahr   179

Nach der Vergangenheit die Zeitenwende   183

Vom zu Hause sein im Fremden   187

Es gibt nur eine Sprache

An den Literaturtagen in Solothurn traf ich den chinesischen Autor und Übersetzer Ye Tingfang. Er ist Professor für Deutsch an der Universität Peking, ein hochgebildeter Mann. Sein Deutsch ist perfekt, er ist der Übersetzer Dürrenmatts. Er war in Begleitung der Professorin für Chinesisch an der Universität Zürich. Als ich dann irgend etwas erzählte, bekam er das akustisch nicht ganz mit, und die Begleiterin wiederholte meine Geschichte auf chinesisch. Wir hatten vorher alle deutsch gesprochen, die Stimme der Professorin gefiel mir, und jetzt hörte ich dieselbe Stimme auf chinesisch, in einer Sprache, die mir bis jetzt nie als gewöhnliche Alltagssprache erschienen ist, sondern eher als ein hochkompliziertes Kunstgebilde. Nun bekam sie durch die Stimme, die ich eben noch in Deutsch gehört hatte, Leben, und weil die Frau ihre spontane Übersetzung auch mit kleinen Gesten begleitete, wußte ich Satz für Satz, oder fast Wort für Wort, an welcher Stelle meiner Geschichte sie sich befand, und ich vertraute ihrer Übersetzung durch die inzwischen vertraute Stimme. Ich bildete mir ein, zu verstehen. Die Sprache bekam Leben, und ich erinnerte mich an den Satz des großen deutschen Philosophen und Übersetzers

Franz Rosenzweig: »Es gibt nur eine Sprache.« Den Satz hatte er lange begründet und mit vielen Gemeinsamkeiten aller Sprachen der Welt erklärt. Aber letztlich meinte er: »Es gibt nur eine Sprache – die Sprache der Menschen.«

Die kurze Begegnung hatte mir gut getan. Weder der Chinese noch seine Sprache erschienen mir als fremd. Wir verstanden uns gut. Wir lebten in der Zeit der kurzen Begegnung nicht in zwei Kulturen, sondern in einer, in der Kultur der Menschen.

Und mir fiel beim Weitergehen ein, wie schnell wir bereit sind, Menschen einer anderen Kultur zuzuweisen und davon abzuleiten, daß sie eben ganz anders seien als wir – als wir Menschen.

Mein Weg nach dieser Begegnung führte über die Brücke, und unter ihr auf dem Wasser der Aare bewegte sich die Flotte. Wir nennen sie so – drei Enten, die seit langem unzertrennlich sind und schön in der Reihe hintereinander spazierenschwimmen, ein Erpel in den Farben, wie sie die Entenmännchen hier haben, und zwei fremde cremeweiße Entendamen. Vor ein paar Monaten noch war es nur eine Dame, sie sei abgehauen von zu Hause, einem kleinen Privatweiher. Und einige Zeit später sei auch die zweite vom selben Weiher weg. Ich schaue hinunter aufs Wasser, die Flotte bewegt sich wieder, und mit ihr ein paar Tüpfchen, frischgeschlüpfte Entchen. Während der Zeit, als die eine sie ausbrütete, lag der Rest der Flotte fast unbeweglich vor ihrem Versteck vor Anker.

Ich mag Tiergeschichten nicht. Ich mochte sie schon als Kind nicht, jene Geschichten, in denen sich Tiere wie Menschen verhalten, wie Menschen sprechen, wie Menschen gekleidet sind. Ich weiß nicht, was diese Flotte zu bedeuten hat – ist es Treue, ist es Liebe, ist es Friedlichkeit? Vielleicht nichts von all dem. Aber ich bin jedes Mal gerührt, wenn ich die drei friedlich hintereinander spazierenschwimmen sehe. Ich bin nicht gerührt, weil ich glaube, ihre Gefühle zu kennen, sondern weil mich ihr Verhalten an menschliche Gefühle erinnert. So wie ich mich beim Hören von fremden Sprachen an meine eigene Sprache erinnere. Selbstverständlich ist mir die Welt der Enten fremd – aber es gibt nur eine Welt.

Nein, ich bin nicht eigentlich ein Tierfreund, aber ich begegne Tieren, und ab und zu erinnern sie mich.

Wochenende – ich stehe früh am Morgen auf dem Bahnsteig und warte auf meinen Zug. Nun kommen zwei ältere Ehepaare, offensichtlich Rentner mit Generalabonnement, die ihre Wochenendreise antreten. Und wenn ich jetzt schreibe, daß sie watscheln wie Enten, dann ist das nicht sehr freundlich. Aber es sind wirklich Enten. Diesmal ganz normale Enten. Und sie schauen sich hier auf dem Bahnhof um, bleiben vor Leuten stehen und mustern sie, interessieren sich für eine Plakatwand. Und wenn sie jetzt einsteigen würden in den Zug – er ist eben eingefahren –, es würde mich nicht überraschen.

Nein, es sind Enten – nicht Menschen. Aber sie erinnern mich an Menschen.

Und ich kenne auch jene vielen, die ihrem geliebten Hund menschliche Eigenschaften zuschreiben, und auch jene, die behaupten, Hunde seien bessere Menschen. Ich verstehe, daß sie von ihnen an sich selbst erinnert werden.

Ich frage mich nur, ob sie auch von Menschen an sich selbst erinnert werden, ob ein Türke, ein Albaner, ein Fremder sie an sich selbst erinnert. Oder gleichen sie nur einem Hund oder einer Ente?

Das kleine Zittern mit Onkel Alfred

Solange Onkel Albert mit Tante Martha zusammen war – und das war eine lange Zeit und eine gute –, lebte er immer mit einem kleinen bißchen Angst. Er fürchtete sich vor dem Zufall. Jeden Samstag übergab ihm seine Frau den Lottozettel und zehn Franken. Und mit diesen zehn Franken ging er dann nicht zum Kiosk, sondern in die Beiz, kaufte sich einen Zweier Roten und eine billige Zigarre und vergaß den Lottozettel. Den Rest des Geldes legte er beiseite, um der Martha die Dreier ausbezahlen zu können, denn solche hatte sie ab und zu. Aber schon ein Vierer hätte seine finanziellen Möglichkeiten übersteigen können, doch der Zufall, vor dem er sich fürchtete, war ihm gnädig – kein Vierer, kein Fünfer, kein Sechser. So wäre also das Geld ohnehin verloren gewesen und mit dem realen Gegenwert eines Zweiers und eines Stumpens recht gut investiert. Nicht auszudenken, was geschehen wäre, aber eben – es geschah nicht.

Gestern bin ich wieder – immer wieder – an diesem blöden Pinball in meinem PC hängengeblieben, also an einem elektronischen Flipperkasten, der mir vorgaukelt, daß ich ihn beeinflussen könnte. Aber im Grunde genommen kann ich nur den Ball einigermaßen im Spiel halten, und unter dem Spiel läuft ein Programm ab, von dem ich nichts weiß, ein zufälliges Programm, das mir vorgaukelt, daß ich hier alles im Griff hätte, dabei hat das Programm mich im Griff. Es gibt nichts zu gewinnen dabei als Millionen von Punkten, und ich eile von Rekord zu Rekord. Wie oft schon habe ich das Spiel in den Papierkorb verschoben, gelöscht – und wie oft schon habe ich es anderntags wieder aus dem Papierkorb geholt – es ist zum Verzweifeln.

Auf meinem Taschencomputer spiele ich Solitär oder – wie das früher mal hieß – Patience. Hier ist der Zufall deklariert, hier kann ich nichts beeinflussen, ich habe nur die Karten schön zu ordnen, und ich freue mich so sehr, wenn es aufgeht. Das Programm weiß zum voraus, ob das gelingen wird oder nicht. Und jedes Kind könnte es so gut wie ich.

Und ich frage mich, warum ich das mache, denn ich mache es eigentlich ungern und nicht etwa aus Langeweile, ich kann mich gut langweilen, und ich mag die Langeweile, und es ärgert mich nicht so sehr, daß ich mit den blöden Spielen meine Zeit vertrödle, aber es ärgert mich, daß ich damit meine geliebte Langeweile zerstöre, daß ich mir damit die Zeit kurz mache, und ich mag die lange Zeit. Oder will ich nur dem Zufall auf die Schliche kommen? Will ich den Zufall zwingen, mir zuzulächeln?

Wenn Sie dies lesen, wird die Schweizer Nationalmannschaft ihr erstes Spiel der Euro 08 bereits hinter sich haben, und Sie wissen jetzt etwas – ob Sie das wissen wollen oder nicht –, was ich jetzt beim Schreiben noch nicht weiß. Sie wissen jetzt, was der Zufall angestellt hat, ob er uns zugelächelt hat, ob er uns mag und uns günstig gesinnt ist – Magie, die Magie des Fußballs.

»Sie werden nun viel zu tun haben in nächster Zeit, Sie werden wohl als Fußballfan die Spiele schauen«, sagen die Leute zu mir, und ich sage trotzig: »Nein, ich habe mir vorgenommen, nicht zu schauen, es ist mir nach all dem Gerede und Geschreibe bereits verleidet«, und ich weiß, es wird mir so gehen wie mit Solitär und Pinball – ich werde halt dann doch. Und der Fußball wird mich an meinen elektronischen Flipperkasten erinnern, denn eigentlich spiele ich gar nicht mit ihm, sondern ich schaue ihm nur zu und versuche das Spiel in Gang zu halten, um ihm zuschauen zu können. Das Spiel aber gaukelt mir vor, daß es mir wichtig sei und daß ich beteiligt sei, daß ich der Spieler sei. Ich bin nicht der Spieler, aber ich halte das Spiel in Gang, so wie die Zuschauer und wir alle die Fußball-Europameisterschaften in Gang halten. Nicht etwa elf Schweizer spielen, sondern *die* Schweiz, wir alle – ob wir wollen oder nicht. Es mag zwar schön sein und schön werden, aber es wird auch zum Zwang wie mein Pinball.

Und hie und da habe ich auch beim Fußball den Eindruck, daß unter der Oberfläche – unter dem Rasen – ab und zu auch ein Programm abläuft, das mit dem Ball ganz andere Sachen macht als die, die wir wollten. Denn wir alle wüßten es ja besser als Köbi Kuhn und als Streller und Frei, die eben dann wohl auch geführt werden von jenem Programm unter der Oberfläche, das oft nicht so will, wie wir es doch alle so super könnten.

So bleibt uns nur zu hoffen, daß das Programm und der Zufall uns gnädig sind, und unserem guten Onkel Alfred auch.

Die alte Schule

Ab und zu treffe ich Guido, und ich freue mich jedes Mal, wenn ich ihn sehe. Wir haben miteinander zu tun, er ist ein Teil meiner Biographie. Er ist 13 Jahre jünger als ich, das weiß ich genau, denn damals, als wir uns das erste Mal trafen, war er ein siebenjähriger Erstklässler und ich ein zwanzigjähriger Junglehrer. Ich unterrichtete zwar die Oberstufe, aber er, der Erstklässler, fiel mir gleich auf. Er stand immer etwas abseits von den andern, hatte seine Bücher elegant unter den Arm geklemmt und schaute in die Weite. Wir, seine Lehrerin und ich, nannten ihn den Existentialisten. Später sind wir uns zwar immer wieder begegnet, er ist Busfahrer, aber ich erkannte ihn nicht. Ich hätte ihn eigentlich erkennen müssen, er trägt jetzt ein Bärtchen – das war zu erwarten, der Existentialist. Wie ich nun einmal wieder in den Bus einstieg, begrüßte er mich mit einem langen, rollenden R: »rrrrrrrrrrr!« und lächelte, und ich fragte: »Bist du der Guido?«, und er wars. Der Altersunterschied fällt inzwischen nicht mehr ins Gewicht, wir sind inzwischen beide mehr oder weniger alt.

Damals erzählte seine Lehrerin in der Pause ab und zu von ihm, und ich erkundigte mich auch nach ihm. Einmal sagte meine Kollegin, daß Guido kein R könne, einfach keines und ihr eigenes R sei nicht sehr gut, ich aber hätte ein rollendes R, und ob ich ihm das vielleicht beibringen könnte. So kam er also dann nach der Schule zu mir, und wir begannen zu üben. Ich übte, wie ich es ihm beibringen könnte, und er übte, wie er es lernen könnte. Wir wußten beide, daß es nicht gelingen wird, und akzeptierten das. Er ging wieder, und ich hatte noch einiges zu tun im Schulzimmer. Zwei Stunden später ging ich auch, und wie ich am Bauernhaus von Guidos Eltern vorbeikam, schallte es laut und übermütig hinter dem Bienenhaus hervor: »Rrrrrrrrrr!« Da freute ich mich. Ich hatte es ihm zwar nicht beigebracht, aber die Kollegin lobte mich trotzdem dafür. Ich war ihm dankbar, daß er mich nicht im Stich ließ.

Inzwischen, so höre ich, werden Lehrer mehr und mehr von Schülern im Stich gelassen – vielleicht auch, weil es die Lehrer inzwischen so furchtbar gut können und um so mehr verzweifeln, wenn das Können keine Früchte trägt.

Ob Guidos R seiner Karriere förderlich war und ob er – der kleine Existentialist – überhaupt eine machen wollte, das weiß ich nicht. Aber wenn ich in der gegenwärtigen Bildungsdiskussion immer wieder von Effizienz und von den Bedürfnissen der Wirtschaft höre, dann würde es mich nicht wundern, wenn das R als nutzlos abgeschafft würde. Uns beiden aber hat das R viel gebracht, wir freuen uns, wenn wir uns sehen, und vielleicht ist dann doch unsere Freude ein kleines bißchen effizient genug.

Karriere? In einer anderen Schule, in der ich später unterrichtete, hatte ich eine Schülerin, ein stilles, angenehmes Mädchen. Sie hatte nicht nur in ihren Zeugnissen ausschließlich die bestmöglichen Noten, sondern auch in jeder einzelnen Arbeit in jedem Fach. Und sie hatte nichts von einer Klassenersten, war still und bescheiden und bei den Kameradinnen beliebt. Als ihre Eltern dann zur Sprechstunde kamen, freute ich mich darauf, ihnen mitteilen zu können, wie gut sie sei und wie viel Freude sie uns allen mache. Ich sehe die Gesichter der beiden Leute heute noch vor mir. Sie erschraken tief und sagten lange nichts, dann: »Das hat sie nicht von uns, wir waren keine guten Schüler«, dann wieder eine Pause, und die Mutter sagte: »Vielleicht hat sie es von meiner Schwester, die war ziemlich gut in der Schule.« Ich mußte die beiden richtig trösten. Sie beeindruckten mich in ihrer Sanftheit, in ihrer Bescheidenheit und Besorgtheit. Ich erkannte darin meine geniale Schülerin. Sie war wohl viel mehr das Kind ihrer Eltern als die beiden ehemaligen schlechten Schüler wissen und glauben wollten.

Die Schülerin übrigens hätte später studieren können, was sie wollte, sie hätte es sehr erfolgreich getan. Ich versuchte die Eltern auch dazu zu überreden, sie ins Gymnasium zu schicken – aber da war nichts zu machen, das war ihnen zu hoch. Sie machte dann eine Handelsschule. Und vielleicht hatten die Eltern recht, und die Schülerin ganz sicher. Und ich bin auch sicher, daß aus ihr etwas geworden ist und daß sie auch immer noch für ihre Umgebung eine Freude ist.

Ihre Intelligenz war nicht zur gesellschaftlichen Ausbeutung freigegeben worden, ihre Intelligenz blieb im Alltag und hatte da sicher ihren Nutzen. Und verloren ist etwas erst, wenn es ausgebeutet wird.

Die Wichtigkeit des CH-Stempelns

Den Daumen der rechten Hand mit der Zunge befeuchten, dann mit dem Daumen die Feuchtigkeit in die Handfläche der linken Hand drücken, mit der Rechten eine Faust bilden und darauf schlagen und gleichzeitig »CH« rufen – und dies in rascher Folge und mit amtlichem Ernst, so daß es mir nie mit der Rechten gelang, ich hatte es mit der Linken auszuführen, ich bin Linkshänder.

An sehr heißen Sommertagen, wenn mir kaum mehr etwas einfällt, erinnere ich mich an den Satz: »Komm, wir gehen CH stempeln.« Das sagten wir damals als Kinder, wenn wir uns langweilten und uns keine Spiele mehr einfielen. Dann gingen wir hinunter zur Hauptstraße, stellten uns an die Kreuzung und warteten auf Autos. Das war kurz nach dem Krieg, Autos waren selten, und die wenigsten unter ihnen hatten ein CH-Schild. Wir schauten also den Autos nach, und wenn wir so ein »CH« entdeckten, dann Zunge und Daumen und mit der Faust auf die Handfläche schlagen und mit möglichst dunkler, amtlicher Stimme »CH« sagen – oft Stunden lang.

Was das zu bedeuten hatte? Ich weiß es nicht, und wir wußten es auch damals nicht. Ich weiß auch nicht, ob dies nur ein Spiel unseres Quartiers war oder der ganzen Stadt, oder gar ein gesamtschweizerisches. Wie auch immer, es war eine sehr ernste Angelegenheit, mindestens so ernst wie der Schlag mit dem Stempel des Postbeamten auf die Briefmarke.

Was mir damals nicht auffiel, und was mich heute überrascht, das Spiel war mit keinem Wettbewerb verbunden, es gab dabei keine Sieger und keine Verlierer. Wir zählten die CH nicht, wir stempelten sie nur. Vielleicht, weil das Zählen den Ernst des Rituals verdorben hätte. Jedenfalls kamen wir uns dabei sehr erwachsen vor und bildeten uns ein, Wichtiges zu tun.

Ich muß einer der Eifrigsten gewesen sein, denn ich gewann bei Wettbewerben selten, ich war zu ungeschickt und zu langsam. So genoß ich das Spiel ohne Sieger und Verlierer.

Wir fragten uns nie nach dem Sinn des CH-Stempelns, wir unterhielten uns nicht darüber, wir taten es nur, und wir taten es mit dem professionellen Ernst der Erwachsenen, und wir wußten wohl gar nicht, wie sehr erwachsen wir dabei waren.

Das fiel mir erst später auf, beim Militär zum Beispiel: Linke Hand, rechte Hand, linke Schulter, rechtes Bein, Gewehrgriff, Grüßen, Anmelden – sinnloses Tun zur Bildung einer Gemeinschaft. Ob das kindisch ist oder erwachsen? Ja, erwachsen! Die Rituale der Kenner, der Champagnertrinker, der Fischer, der Jäger, der Offiziere und der Zigarrenraucher.

Von einem Zigarrenraucher hat mir vor vielen Jahren ein Freund erzählt, und diese Geschichte habe ich seither ständig in meinem Kopf. Der Freund studierte in einer deutschen Stadt und war dort untergebracht bei einem bekannten Staranwalt, einem Studienkollegen seines Vaters. Er mochte den sehr und sagte eines Tages zu seinem Sohn: »Dein Vater ist ein prima Kerl.« – »Nein, der spinnt«, sagte der Sohn, und er forderte ihn auf, mit ihm auf den Dachboden zu kommen, er wolle ihm etwas zeigen. Und er führte ihn dort zu einer riesigen Sammlung von Schuhschachteln, die alle fein säuberlich datiert waren – 14.03.28 bis 17.05.28 usw. Und er forderte meinen Freund auf, eine Schachtel zu öffnen, und in den Schachteln war nichts anderes als lange Würmer von Zigarrenasche. Der Vater hatte ein Leben lang die schöne lange Asche seiner Zigarren gesammelt und archiviert. Ein Archiv, das nie benützt werden wird, nicht einmal vom Archivar selbst, das aber mit großem Ernst angelegt wird und hier oben auf dem Dachboden auf nichts anderes wartet als auf seine dereinstige Entsorgung. Vielleicht eine Parodie auf die ernsten Archive, mit denen der Jurist zu tun hatte, nutzlos und ernst wie das CH-Stempeln.

Ich weiß, liebe Leserin, lieber Leser, ich langweile Sie mit dieser Geschichte, mit dieser Geschichte der Nutzlosigkeit. Aber ich mußte sie mal loswerden. Ich weiß nicht, was sie zu bedeuten hat, und ich will es auch nicht wissen. Aber irgendwie interessiert mich dieser Zigarrenraucher, und ich bewundere sein nutzloses Tun.

Am Radio hörte ich einen Bericht über die internationale Konferenz für ein Verbot der Streubomben und in diesem Zusammenhang von den Bedenken der Schweizer Armee gegen das Verbot. Sie besitzt einige tausend davon. Wie viele es seien, sei geheim, sagt der Sprecher, aber man nehme an, etwa 200 Tausend. Habe ich mich verhört, oder hat er sich versprochen? Und wer hat sie gesammelt, und für was? Wie wenige es auch sind – Zigarrenasche, die auf ihre Entsorgung wartet.

Vom Elend der Connaisseurs

Oberhalb von Huttwil in den Hügeln gibt es, oder gab es, ein Plätzchen mit einem uralten Baum, ich sehe ihn noch genau vor mir. Wir Kinder, ich war in Huttwil in den Ferien, spielten dort irgend etwas, und Trudi, meine Lieblingscousine, sie roch so gut, sagte etwas, und ich sagte gleichzeitig dasselbe. Da strahlte sie mich an und sagte, wer unter diesem Baum gleichzeitig dasselbe sage, dürfe sich was wünschen, man dürfe es aber niemandem sagen. So wünschte ich mir im Stillen ein kleines Steckalbum für Briefmarken. Zwei Wochen später bekam ich es geschenkt. Ich war reich und glücklich. Es hatte wirklich funktioniert, und ich hatte auch wirklich niemandem etwas von meinem Wunsch gesagt, auch der Trudi nicht. Aber von meinen Briefmarken habe ich meiner Cousine erzählt, und es wird sie sicher ganz und gar nicht interessiert haben.

Ihr Desinteresse an meinen leidenschaftlichen und fachkundigen Erklärungen über die Kunst des Briefmarkensammelns beunruhigte mich nicht, ich erzählte und erzählte, erklärte, wie wichtig das alles sei und wie wertvoll sie sein können und wie selten, und daß der größte

Reichtum dieser Welt Basler Tübli oder Blaue Maurizius heiße.

Mein Wissen hatte ich von unserem Nachbarn in Olten, vom Herrn Benz. Er war Briefmarkensammler und machte aus mir und anderen Nachbarskinder fachkundige Briefmarkensammler, schenkte uns Marken und Kataloge, in denen der Wert der Marken vermerkt war, und Lehrbücher über den Umgang mit Marken. Trudi muß mein Wissen über etwas, das sie überhaupt nicht interessierte, furchtbar gelangweilt haben, mein Wissen, das man zu gar nichts anderem brauchen konnte als eben zum Briefmarkensammeln – Philatelie hieß das und klang großartig, und auch das wußte ich damals als Zehnjähriger schon.

Die Markensammlung gibt es nicht mehr, mein Wissen über Philatelie auch kaum mehr – so stehe ich mir und meiner Leidenschaft inzwischen so verständnislos gegenüber wie damals meine Cousine. Oder so verständnislos wie jenen vielen Fischern, denen ich in der Beiz oder anderswo begegne und die mir unaufgefordert ihre ganze Fischerei und ihr ganzes Fachwissen ausbreiten, wie wenn sie mich missionieren wollten und von einem besseren Leben überzeugen müßten. Ruedi, der absolute Experte in Sachen Fische, mag Fische nicht mal essen. Aber auch die meisten anderen hängen ihre Fische wieder ab und werfen sie zurück ins Wasser. Was sie haben, das ist ein

Fachwissen über Technik und Ausrüstung, über Köder und künstliche Mücken und Fliegen, über Fische und ihre Gewohnheiten und über Fischgründe in halb Europa und anderswo. Und vielleicht ist dieses Wissen nichts anderes als die Grundnahrung ihrer Leidenschaft, das Fachwissen drängt zur Praxis, und das Wissen macht die Sache zum Kult, zur Religion. Wer seine Leidenschaft mit Wissenschaft fundiert, hat das Gefühl, etwas Ehrbares, etwas Anständiges zu tun.

Und wenn ich meinen Wein trinken will, dann werde ich belästigt von Weinkennern, die alles über Wein wissen, und weil sie es wissen, sind sie eben nicht Trinker, und weil die Jäger ihr Wissen haben, sind sie eben keine Jäger, sondern Heger und Pfleger, und die Golfer wissen alles über Golf, und wenn schon Whisky, dann selbstverständlich Single Malt, und zwar ein Highlander. Und der Wein hat im Abgang einen Hauch von Brombeeren und edlen Hölzern, wenn nicht gar ein bißchen nasser Hund.

Und all das hat mit einer kleinen Briefmarkensammlung angefangen und mit einem freundlichen Nachbarn, der uns zu anständigen, verantwortungsvollen Briefmarkensammlern machen wollte, die sich dann später ohne Blamage unter anderen anständigen Sammlern hätten bewegen können und brauchbare Mitglieder des Briefmarkensammlervereins geworden wären.

Kürzlich habe ich mich wieder ertappt. Ich rauche wieder ab und zu eine Zigarre. Das tut mir gut wie dem Fischer das Fischen und wie dem Jäger das Jagen. Es entspannt.

Aber ich kann ja nicht als Unwissender in das Zigarrengeschäft gehen und mich blamieren. Also schon wieder Fachkenntnisse, kubanische und dominikanische, Nicaragua und Honduras, Longfiller, Shortfiller, Coronas und Churchills, Robustos und Panetelas und einen Humidor selbstverständlich, in dem man die Zigarren bei 70 % Luftfeuchtigkeit lagert, und schon fast hätte ich mir ein Buch kommen lassen, um mich zum Connaisseur in Sachen Zigarren zu machen.

Aber nein, das lasse ich jetzt und versuche, unbehelligt und ohne Fachwissen dilettantisch zu rauchen.

Der König, den niemand kennt

Von meinem Großvater habe ich zwar vom Hörensagen gewußt, daß er ein strenger Chef, ein strenger Vater und in den Revieren, in denen er sich bewegte, ein mächtiger Mann war, aber ich habe ihn nie so erlebt. Er war für mich ein zufriedener, einfacher und gemütlicher Mensch, und er glich jetzt im Alter schon fast meinem anderen Großvater, der nie mächtig war, nie streng und böse, ein frommer Mensch, der das auch wirklich war und lebte.

Ich bestaunte und liebte sie, und ich wollte so werden wie sie – nämlich alt, und das, wenn möglich, möglichst schnell. Als sie dann starben, gab mir das schon zu denken, aber zuvor waren sie einfach alt, und zwar jetzt und für immer. Ich hielt sie für zufrieden und glücklich, und das wollte ich auch werden.

Und so stellt man sich Alter in jeder Phase des Lebens falsch vor, sogar in der Phase des Alters. Vielleicht ist das gut so, und noch heute, wenn ich das Wort Glück höre, fallen mir die beiden alten Leute ein, Mann und Frau, an deren Bauernhäuschen ich als junger Mann oft vorbeiging, sie saßen auf dem Bänklein vor dem Haus, eng nebeneinander, sprachen kaum miteinander, schauten zufrieden in die Welt und genossen sie sichtlich. Es sah nach Liebe aus, sie liebten sich und die Welt.

Jahrzehnte später traf ich sie wieder, genau diese beiden zufriedenen alten Leutchen. Ich traf sie wieder, auch wenn sie in Wirklichkeit bestimmt schon lange tot waren, in Kairo im Ägyptischen Museum – in jenem Museum also, wo der Grabschatz des Tutanchamun ausgestellt ist. Vor kurzem konnte man eine Rekonstruktion des Grabes in einer Ausstellung in Zürich bewundern.

Ich habe lange mit mir gerungen und mich schließlich entschieden, die Ausstellung nicht zu besuchen. Ich fürchtete mich, der Besuch könnte meine Erinnerung an das Museum in Kairo auffrischen, und die verblassende Erinnerung, die sich reduziert auf ein paar recht unbedeutende Gegenstände, ist eine echtere Erinnerung als eine aufgefrischte. Deshalb wohl auch fürchte ich mich vor Fotografien und Tagebüchern.

Das bedeutendste Stück des Grabschatzes soll Tutanchamuns Totenmaske sein. Ich und wohl wir alle kennen sie von vielen Abbildungen, und ich muß sie ja im Museum in Kairo auch gesehen haben. Aber ich erinnere mich nicht daran. Die Abbildungen, das Vorwissen und das Nachwissen haben die Erinnerung relativiert und gelöscht. Aber an zwei Dinge erinnere ich mich heftig, sie haben mich tief beeindruckt: eines jener weißgetünchtes Kinderbettchen, wie sie auch bei uns vor kurzer Zeit noch im Gebrauch waren und immer noch bei Trödlern zu finden sind, und ein kleines Brettspiel mit genau denselben Spielfigürchen wie meine für Halma und Leiterlispiel – dreitausendjährige Selbstverständlichkeiten. Dinge also, die er nicht nötig hatte für seinen Weg ins Jenseits. Man hat ihm offensichtlich etwas ganz anderes mitgegeben als Utensilien und Nahrungsmittel für die Reise. Man hat ihm seine Biographie mitgegeben, sein Leben.

Und kurz darauf, in einem anderen Raum begegnete ich meinen beiden alten Bauersleuten wieder: Zwei kleine, buntbemalte Tonfigürchen, ein altes Männchen und ein altes Frauchen eng nebeneinander auf einem Bänklein aus Ton, naiv und bäurisch, sie hatten sich offensichtlich so in die Sammlung der erhabenen ägyptischen Kunst verirrt wie das Kinderbettchen und die Spielfigürchen. Und als ich meine Begleiterin, eine deutsche Archäologin, danach fragte, sagte sie: »Wir wissen, daß es ein Pharao mit seiner Frau ist, wir wissen auch etwa aus welcher Zeit, es war aber ein unbedeutender Pharao, und nicht einmal sein Name ist gesichert.« Ich bin anderntags wieder ins Museum gegangen, nur um die beiden zu besuchen, und am Tag darauf noch einmal. »Nicht mal ihren Namen«, da fiel mir ein, daß ich den Namen der beiden Glücklichen vor ihrem Bauernhäuschen auch nicht kannte, und da saßen sie wieder, die beiden Namenlosen, glücklich und zufrieden und waren Könige.

Und hätten sie große Kriege geführt, wie die amerikanischen Präsidenten, und ihre Macht ins Immense vermehrt, sie wären in die Geschichte eingegangen, und wir würden sie kennen, und die Schüler hätten sich die Daten ihrer Untaten zu merken.

Ich bin den beiden dankbar dafür, daß man sie nicht kennt, das ehrt sie. Ein Pharao, der nicht in die Geschichte eingegangen ist, das muß ein guter und gütiger Pharao gewesen sein, und ein menschlicher, denn Menschen gehen sehr, sehr selten in die Geschichte ein.

Ich schaue den beiden Tonfigürchen noch einmal genau ins Gesicht – ja, ich vertraue ihnen.

Der Mann mit dem gelben Motorrad

Es gibt Menschen, denen man nur kurz begegnet und von denen man plötzlich nach Monaten oder Jahren weiß, daß sie irgendwie mit einem zu tun haben, in die eigene Biographie eingegriffen haben, ohne daß bei dieser einmaligen Begegnung irgend etwas Besonderes geschehen wäre, ohne daß man etwas Besonderes erfahren hätte. So bleibt es denn unbeschreibbar, es gibt dazu nichts zu sagen und nichts zu erzählen – ich versuche es trotzdem:

Der junge Mann, der mir gegenüber saß im Zug und den ich, würde ich ihn wieder treffen, wohl nicht wiedererkennen würde, fuhr irgendwie anders Eisenbahn als alle anderen. Er freute sich offensichtlich über die Fahrt, schaute durchs Fenster in die vorbeiziehende Landschaft und machte den Eindruck wie einer, der zum ersten Mal und nur zu seinem Vergnügen Eisenbahn fährt. Still lächelte er vor sich hin, lächelte auch mir zu und sagte: »Ein schöner Tag – dieses Wetter.« – »Ja, wunderbar«, sagte ich.

Dann, nach einiger Zeit, sagt er, daß er in den Thurgau fahre, er habe ein Motorrad gekauft, und heute könne er es abholen. Er habe zwar das Motorradfahren vor einem Jahr aufgegeben, gescheit sei es ja nicht – die Umwelt, die Familie –, dann habe er aber ein schönes Motorrad gesehen im Internet, und es habe ihm so gefallen, und jetzt fahre er halt ins Thurgau, in Frauenfeld müsse er dann das Postauto nehmen, und er erzählt und erzählt. Und ich weiß nicht, warum ich ihm zuhöre, interessiert zuhöre. Ich habe mit Motorrädern nichts zu tun, und sie interessieren mich nicht. Und ich mag jene Schwätzer nicht, die einfach irgend etwas erzählen und reden und reden. Er aber ist kein Schwätzer. Er erzählt langsam und besonnen. Und ich halte das Gespräch im Gang mit kleinen Fragen nach der Marke, dem Jahrgang, dem Modell – alles Dinge, von denen ich nichts verstehe. Aber ich höre ihm gern zu.

Das Rauchen habe er aufgegeben, vor einem Jahr, und er fühle sich jetzt schon besser, und er erzählt, wie er das angestellt habe, und ich höre ihm zu, warum höre ich ihm zu?

Ich frage ihn nach seinem Beruf. Maschineningenieur sei er. Das überrascht mich. Und er fragt mich nach meinem Beruf. Und wie ich Schriftsteller sage, erwarte ich in meiner Eitelkeit, daß er mich jetzt vielleicht erkennt oder nach meinem Namen fragt. Er tut es nicht. Aber er redet jetzt so freundlich von meinem Beruf, wie ich eben über sein Motorrad, und er erzählt, was er so liest, und er ist belesen. Und ich sage ihm, daß ich auch für längere Zeit das Rauchen aufgegeben, aber kürzlich wieder damit angefangen hätte, und daß ich auch wieder versuchte, damit aufzuhören. Er macht Vorschläge, wie ich das anstellen könne.

Und dazwischen immer wieder sein Motorrad, das er jetzt abholt im Thurgau, gelb sei es, und dazu das Lächeln eines Buben, der dabei ist, etwas zu tun, was man nicht tun sollte – die Umwelt, die Familie –, und der sich gerade auch deshalb über sein Tun heimlich freut.

In Zürich verabschiedeten wir uns voneinander, immer noch ohne Namen, aber mit dem Wunsch für eine gute Weiterfahrt, und vor allem, daß er mit seinem Töff gut nach Hause komme.

Und das ist fast alles und wirklich nicht erzählenswert, aber es gibt unwichtige Geschichten, die kann man gut erzählen, und es gibt wichtige Geschichten, von denen man nicht mal weiß, warum sie wichtig sind.

Wie vielen Menschen begegnet man im seinem Leben? Hunderten, Tausenden? Und wie viele greifen, ohne es zu wissen, in unsere Biographien ein.

Das einfache und fromme Aenneli fällt mir ein, die schüchtern war und kaum mit Leuten sprach, die aber täglich in den Zeitungen die Todesanzeigen las und versuchte, einen Zusammenhang zwischen den Verstorbenen und ihr herzustellen, für sie betete und sich dabei mehr und mehr mitschuldig fühlte an ihrem Tod. Sie sprach wenig mit Menschen, aber sie hatte mit vielen Menschen, eigentlich mit allen Menschen, zu tun.

Als ich auf dem Bahnsteig langsam gegen den Ausgang ging, kam mein Reisenachbar noch einmal zurück und sagte: »Ich wollte Ihnen nur noch sagen, daß Sie ja nicht mit dem Rauchen aufhören sollen, dafür sind Sie zu alt, und das könnte gefährlich sein.«

Nun denke ich an ihn bei jeder Zigarette, die ich anzünde. Nicht etwa, weil mir sein Ratschlag einleuchtete – aber weil mich seine Fürsorglichkeit rührte. Wir werden uns wohl nie mehr sehen, aber ich wünsche ihm ein langes Leben und hoffe, daß er sein gelbes Motorrad vorsichtig benützt. Vielleicht steht es ja nur in seiner Garage, und er poliert es samstags und streichelt es.

An einem Mittwoch

Heute ist Mittwoch, ein Bundesrat wurde gewählt. Es soll, so teilen mir Fernsehen, Radio und morgen wohl auch die Zeitung mit, eine sehr spannende Wahl gewesen sein. Aber inzwischen ist sie schon vorbei – und die Spannung auch. Und eigentlich ist zu hoffen, daß die Fortsetzung nicht allzu spannend wird.

Aber Woche für Woche, wenn ich das Wort »Mittwoch« höre, fällt mir eine Geschichte ein, die mir so sehr gefallen hat:

Vor vielen Jahren sah ich am deutschen Fernsehen zufällig eine Reportage über kleine Eishockey-Junioren, sechs-, siebenjährige, und ihr Training. Sie waren gepolstert wie die richtigen Hockeyspieler, und weil sie klein waren, machte sie das kugelrund und die Stufe vom Rand auf das Eis schafften sie nicht. So stellten sie sich an den Rand und ließen sich rücklings auf das Eis fallen, standen auf und flitzten davon. Ich hätte dem Procedere stundenlang zuschauen können. Zum Schluß wurde das einzige Mädchen der Mannschaft interviewt, eine Bilderbuchgöre mit Zahnlücke und Sommersprossen, mit munteren, kecken Antworten, und der Interviewer fragte sie, wann sie denn mit Schlittschuhlaufen angefangen habe, und sie sagte, ohne zu zögern: »An einem Mittwoch!«

Und dies mit einer Bestimmtheit, daß dem Interviewer gar nicht einfallen konnte, weiter nachzufragen.

»An einem Mittwoch«, das ergibt auch ein Bild, ein viel intensiveres Bild als etwa »am 2. Februar 1964«.

»Wann haben Sie mit Schreiben angefangen?« Ich würde gerne antworten können: »An einem Mittwoch«, aber es gelingt mir nicht, den Fragenden damit so kategorisch zu überzeugen, wie das dem Mädchen gelang, und mir bleibt nichts anderes übrig, als die Geschichte von der kleinen Göre, die Eishockey spielte, zu erzählen: »Es war einmal – lang, lang ist's her – an einem Mittwoch...« Geschichten haben keine Daten.

Aber die Geschichte schon. In der Schule hatte man die Daten der Schweizergeschichte auswendig zu lernen. Ein Datum ist mir geblieben, eingeprägt in mein Hirn. Kennen Sie einen Grafen Heinrich von Hünenberg? Nein, Sie müssen ihn nicht kennen, aber er ist schuld daran, daß ich mir das Datum merken konnte. Er schoß 1315 einen Pfeil über die Letzimauer bei Arth mit einem Zettel, auf dem geschrieben stand: »Eidgenossen, hütet euch am Tage vor Sankt Othmar am Morgarten.«

Das hat mir damals als Kind so gefallen: »Am Tage vor Sankt Othmar«, und das machte die historische Geschichte zur literarischen. Ich habe keine Ahnung, wer Sankt Othmar ist, aber ich kenne den Tag vor Sankt Othmar, den 14. November.

Das Datum ist nutzlos und zu nichts zu gebrauchen. Ich wurde nach meiner Schulzeit nie von jemandem gefragt, wann die Schlacht von Morgarten war, und ich hatte auch nie Gelegenheit, mein Wissen jemandem aufzudrängen.

Im übrigen kann ich mir Daten nicht merken, nicht einmal die Daten meiner eigenen Biographie. Ich erinnere mich – wenn ich mich erinnere – an anderes als an das Datum: In einem Sommer, an einem Herbsttag, an einem Mittwoch. Nämlich an einem Mittwoch, der immer wieder kommt, Woche für Woche, und der seine Geschichten hat – zum Beispiel eben die Geschichte von der kecken Eishockeyanerin, die inzwischen wohl schon längst eine erwachsene Frau ist und selber Kinder hat, die aber in der Geschichte des Mittwochs immer das kleine Mädchen mit Sommersprossen und Zahnlücke bleibt. Und der Herbst kommt wieder, und der April kommt wieder, und der Sommer und der September. Und ich erinnere mich daran, wie ich meine Mutter mit der Frage quälte – wohl Ende Dezember oder Anfangs Januar –, wie lange es gehe, bis es wieder 1941 sei. Und sie sagte: »Nie mehr.« Und ich sagte, daß ich schon wisse, daß es sehr, sehr lange gehe, bis wieder 1941 sei, und daß ich schon wisse, daß wir es nicht erleben werden. »Aber wie lange?« Meine Mutter blieb bei ihrem harten »Nie wieder«, und ich war überzeugt, daß sie mir etwas verschwieg, weil sie glaubte, ich sei noch zu jung dafür. Und daß sie das annahm, ärgerte mich, und ich verkroch mich in eine Ecke und versuchte es selbst herauszufinden, und auch herauszufinden, was die Gründe sein könnten, daß kleine Kinder das nicht wissen dürfen. Vielleicht, dachte ich, hat das auch irgendwie mit Geburt zu tun oder so etwas.

Wann wird wieder 2008 sein? Vielleicht an einem Mittwoch!

Kilroy was here

Ein Spaziergang mit Gerhard Meier vor bald 50 Jahren, wir kamen an einem alten Haus vorbei, Gerhard zeigte auf den Granitquader an der Ecke des Hauses und sagte: »Hier war ein Mensch.« Ich schaute in die Richtung und sah auf dem Stein einen großen Kratzer, der – so schien es – wohl fast so alt war wie der behauene Stein selbst. Vielleicht war der Steinmetz schon bei der Bearbeitung mit dem Meißel ausgeglitten und hinterließ diese Spur für immer, die Spur eines Menschen.

Ich denke jedes Mal daran, wenn ich an dem Haus vorbeikomme, und ich bücke mich und suche den Kratzer und freue mich, daß er immer noch da ist: »Hier war ein Mensch.«

Das Steinmännli am Wegrand oder auf dem Gipfel in den Alpen, ein paar aufgeschichtete Steine, die auf nichts anderes hinweisen, als daß hier ein Mensch vorbeikam, nicht etwa ein bestimmter Mensch mit einem Vornamen und Familiennamen, sondern ein Mensch. Und ich habe zwar durchaus Verständnis für den Ärger der Leute über Graffiti und Tags der Hip-Hopper an Hauswänden, aber ihre Anonymität, die letztlich von nichts anderem berichtet, als daß hier ein Mensch war, beeindruckt mich immer wieder ein bißchen, und eigentlich ist es doch schade, daß der Sprayer von Zürich später einen Namen bekam und einging in die Kunstgeschichte und erfolgreich wurde.

Der große amerikanische Autor William Faulkner wurde mal von Schülern tagelang interviewt. Daraus ist ein Buch geworden, »Faulkner über Faulkner«, das mir wichtig ist, und dies vor allem, weil die Fragen meist von einer schrecklichen Naivität waren. Sie fragten ihn: »Herr Faulkner, was ist der Sinn des Lebens?« Er antwortete spontan: »Ein anständiges Kilroy zu hinterlassen.«

Und er meinte damit jenes Wort und jenen Satz, den man noch in den Sechzigerjahren in Deutschland in jeder öffentlichen Toilette fand, an Plakatwänden und Mauern: »Kilroy was here«, oder eben nur »Kilroy«. Ursprünglich waren es Amerikaner, Soldaten, die das überall hinkritzelten, später übernahmen es die Deutschen, und was die Magie ausmachte, war, daß keiner der Schreiber auch nur eine Ahnung hatte, was es zu bedeuten hat. Eben wohl nur: »Ein Mensch war hier.«

Dutzende von Historikern, Ethnologen und anderen Forschern versuchten herauszufinden, woher der Satz kam, und sie fanden – und erfanden wohl auch – wunderschöne Geschichten und verwegene Theorien, die wohl alle etwas an sich hatten, aber nicht nur die Kritzler blieben anonym, auch Kilroy selbst: Ein anständiges Kilroy hinterlassen, eine menschliche, eine humane Spur anonym hinterlassen.

In Solothurn lebte vor vielen Jahren ein Mann. Er wohnte in einem kleinen Zimmerchen über einer Kneipe, und die Wirtin umsorgte ihn rührend. In der Kneipe sah man ihn nie. Er sprach mit niemandem, kannte niemanden, außer eben die Wirtin. Und er ging mit ihrem kleinen Hündchen spazieren. Er arbeitete früher bei der SBB als Wagenreiniger, und er ärgerte sich über die schlechte Qualität der Putzmittel, ging ins Warenhaus und kaufte auf eigene Rechnung bessere Mittel. Und was zu waschen war, die Deckchen in den Erstklasswagen, brachte er nach Hause und wusch sie in der Maschine der Wirtin. Sauberkeit war sein Leben, aber er sprach nicht davon, er sprach mit niemandem und beklagte sich über nichts. Ich hätte gern einmal mit ihm gesprochen, und ein einziges Mal kam es dazu: Er stand mit dem Hündchen vor einer Mauer, auf die groß gesprayt war: »Get up – stand up.« Und wie ich an ihm vorbeigehen wollte, sprach er mich an und beschwerte sich – sehr leise – über die Schmiererei. Dann fragte er, was das denn heiße, und ich erklärte ihm, daß das eine – get up – aufstehen heiße, so wie man am Morgen aufsteht, und das andere – stand up – heiße, sich bewußt auf die Füße zu stellen, aufrecht zu stehen. Er schaute mich an und sagte ehrfürchtig: »Hochinteressant« und war zufrieden.

Irgendwie erinnerte mich das an William Faulkner, der an anderer Stelle mal gesagt hat: Wenn ein Schriftsteller durch die Wand der Vergessenheit geht, dann wird er lange genug stehen bleiben, um irgend etwas auf die Wand zu schreiben, irgend etwas wie »Kilroy was here«.

Den Herrn mit dem Hündchen sah ich später ab und zu noch vor jener Mauer stehen, den Satz betrachten und darüber nachdenken. Er wußte jetzt, was es heißt.

Und etwas können

Mein guter Freund Stefan hatte eine Fähigkeit, die ich inzwischen bewundere, und mit der er mir damals viel geholfen hat, aber damals habe ich sie mitunter auch belächelt. Er hatte die Fähigkeit, Leute zu bewundern, auch wenn sie nur ein bißchen was konnten. Er entdeckte die Talente von Jungfilmern, Jungmalern, Jungdichtern. Ich gebe zu, daß ich da oft Bedenken hatte, wenn ich es auch genoß, unter die Entdeckten zu gehören.

Er selbst ist als Kulturvermittler anerkannt, bekannt und erfolgreich geworden. Aber er lebte, wie wir alle, in einer Kleinstadt, in der man sich gegenseitig kannte und in der schon längst und für alle Zeiten beschlossen war, wer oben ist und wer unten – eine jener vielen Kleinstädte, in der die Obernarren der Narrenzünfte ernsthafte Größen sind. Eine jener Kleinstädte, die heimlich und uneingestanden davon wissen, daß aus Nazareth nichts Gutes kommen kann. Also konnte das, was er wollte, nichts Gutes sein. Inzwischen ist das, was er auf die Beine stellte, das große Aushängeschild der Stadt.

Er selbst stand im Verdacht, ein Aufschneider zu sein, und man konnte durchaus Spuren davon bei ihm feststellen. In Wirklichkeit war es etwas anderes: Er ging mit sich selbst so großzügig um wie mit seinen Entdeckungen, und wenn ihm etwas gelang und wenn er etwas konnte, dann sprach er davon.

Dies als lange Einleitung zu einer kleinen Geschichte:

Eine Einladung bei Freunden, Essen und Trinken, ein gemütlicher Abend, und zu vorgerückter Stunde sagte der Gastgeber, er hätte sich da was gekauft, es sei nicht billig gewesen und eigentlich unnötig und nicht zu gebrauchen, aber er habe es wochenlang immer wieder im Schaufenster angeschaut, und er habe es kaufen müssen. Und er holte ein schwarzes Etui, öffnete es andächtig, und da lag in rotem Samt eine nigelnagelneue Klarinette. Ich kann sie nicht spielen und ich will sie nicht spielen, sagte der Gastgeber, aber sie ist so schön, ein Kunstobjekt.

Stefan sprang auf, stürzte sich auf das Etui, steckte die Teile zusammen, netzte das Blättchen, setzte es ein und sagte: »Ich war mal Klarinettist in einer Tanzkapelle.« Davon wußten wir alle nun wirklich nichts, und das hätten wir wohl, wäre es so gewesen, wissen müssen.

Stefan blies in das Instrument, entlockte ihm ein paar jämmerliche Töne, und es war uns allen klar, der konnte nicht spielen. Stefan stand verzweifelt da und sagte: »Als Signet haben wir immer den Marinemarsch gespielt – wie geht er, der Marinemarsch. Kennt einer den Marinemarsch?« Und endlich fiel einem die Melodie ein, und er summte drei vier Töne, und Stefan legte los, und er spielte, er spielte und spielte das ganze Repertoire jener Tanzkapelle, von der wir alle nie gehört hatten. Und er spielte gut, und ich habe ihn nie so glücklich gesehen.

Er konnte etwas.

Etwas können, irgend etwas können, sich irgend einmal irgendwo an ein Klavier setzen und spielen wie Thelonius Monk, nur einmal und nie wieder, und dann genießen, daß alle nichts wußten davon, und sich dann weigern, je wieder zu spielen.

Meine Mutter konnte mit drei Äpfeln jonglieren. Ich verehrte sie dafür, ich hatte eine Mutter, die das konnte. Ich selbst kann es heute noch nicht.

Und Handorgel spielen, das kann ich auch nicht. Das möchte ich gern können. Den Handstand kann ich auch nicht. Den vermisse ich allerdings weniger. Aber übers Seil laufen, das wäre etwas, und in meinen Träumen fahre ich eigenartigerweise ab und zu auf dem Einrad.

In eine Kneipe außerhalb von Frankfurt traf ich mal einen Mann, und wir kamen ins Gespräch. Er sei mit dem Fahrrad hier, sagte er. Das war ich auch, und wir gingen raus und bestaunten gegenseitig unsere Fahrräder. Dann sprachen wir ein bißchen über die Tour de France, die eben im

Gange war. Und wie ich ihn fragte, was er denn beruflich mache, sagte er, er baue Einräder. Wieviel denn so eines koste, fragte ich. Er verkaufe sie nicht, sagte er.

Wir trafen uns später ab und zu, und erst viel später war er bereit, von seinem Beruf zu erzählen. Er war Sozialpädagoge und arbeitete mit schwererziehbaren Jugendlichen. Er habe alles versucht, ohne jeden Erfolg. Jetzt baue er mit seinen Zöglingen nur noch Einräder, und wenn die dann auf ihren selbstgebauten Einrädern säßen und wirklich fahren könnten, seien sie wie verwandelt. »Weißt du, das Gleichgewicht«, sagte er.

Ja, etwas können.

Candides Schweizermeister

Man kann Nationalökonomie studieren, das weiß ich, aber ich habe nur sehr vage Vorstellungen davon, was man da eigentlich studiert, wenn man das studiert. Selbst wenn ein Astrophysiker mir etwas erklärt – und von seinem Fach habe ich nun wirklich nicht die geringste Ahnung –, bekomme ich mehr von seinem Wissen mit und ahne, daß er wirklich etwas weiß.

Wenn ich sie jetzt in diesen schwierigen Zeiten höre, dann stelle ich fest, daß sie alle einen Satz gelernt haben und sich daran klammern. Daß die Börse eben auf Stimmungen reagiere, und daß jetzt ja nicht die Stimmung zusammenbrechen darf, und daß der Aufschwung in unseren Köpfen zu beginnen hat, und daß der Konsum nicht einbrechen darf. Vor ein paar Wochen noch war die Rede davon, daß wir weltweit ein neues Finanzsystem brauchen, ein neues Wirtschaftssystem. Jetzt höre ich nur noch von der Rettung des alten. Und die Hoffnung heißt wie schon immer positives Denken, und die Welt bereitet sich darauf vor, nach dem Aufschwung dort weiterzufahren, wo man schon immer nach dem Aufschwung weitergefahren ist, und der Aufschwung wird kommen. Es gäbe noch etwas anderes als denken, nämlich nachdenken, nur eben positives Nachdenken gibt es nicht, und die Stimmung zum mindesten hat positiv zu bleiben.

Unter diesen Umständen hatte ich plötzlich das dringende Bedürfnis, den Candide von Voltaire wieder zu lesen. Candide, ein recht naiver Jüngling, der durch die Schule des Optimismus gegangen ist und fest daran glaubt, daß sich alles zum Guten wende, kommt auf der Suche nach seiner geliebten Kunigunde durch die ganze Welt, sieht von weitem das schreckliche Erdbeben von Lissabon von 1755, kommt in die Wirren des siebenjährigen Krieges und andere Schwierigkeiten, erwirbt sich immerhin ein bißchen Geld in El Dorado und findet seine geliebte Kunigunde verstümmelt und häßlich in Konstantinopel, heiratet sie und zieht sich mit ihr zurück, um Kohl zu pflanzen und den Garten zu pflegen.

Nein, Voltaire war nicht ein sentimentaler Träumer. Er war ein gewiefter Geschäftsmann, in seiner Genfer Zeit betätigte er sich als Industrieller und gründete Fabriken. Er war einige Zeit befreundet mit Friedrich dem Großen und verkehrte an seinem Hof. Er hielt seine Philosophie und seine Dichtungen für ein Hobby und hinterließ ein Riesenwerk. Und mindestens so viel, wie man damals von Volkswirtschaft wußte, wußte er genau. Aber er kam mit Candide zum Schluß, daß er das Übel der Welt nicht begreiflich machen könne und daß es nur etwas gebe: Man muß seinen Garten pflegen – il faut cultiver notre jardin.

Da fällt mir Wauti Knuchel ein, ein einfacher Mann, Arbeiter. Ich traf ihn ab und zu und mochte ihn sehr, und ich kaufte von ihm immer wieder ein möglichst altes Kaninchen, um einen guten Pfeffer zu machen. Aber Wauti züchtete nicht Fleisch, das war höchstens ein Nebenprodukt, er züchtete Kaninchen, Castor Rex, die schönen schlanken Rehbraunen, und er züchtete sie auf Schönheit und ging mit ihnen auf Ausstellungen und wurde prämiert und freute sich darüber, und er sprach darüber nur, wenn man ihn danach fragte.

Nur einmal kam er strahlend und erzählte gleich, daß sein Rammel auf der gesamtschweizerischen Ausstellung gewonnen habe, Schweizermeister geworden sei. Viele hätten ihm Angebote gemacht, aber den verkaufe er nicht. Ich fragte ihn, wieviel denn so ein Supertier wert sei, und er sagte: »So etwa 80 Franken«, einer habe ihm sogar 100 Franken geboten.

Kaninchen züchten ist eine Freude der einfachen Leute, sie kennen die Sache mit Wachstum und Boni nicht. Ich war richtig gerührt. Wenn man denkt, wieviel eine seltene Briefmarke, ein seltenes Rahmdeckeli, eine seltene Swatch kosten kann. Wenn man denkt, wie viele ehrgeizige und leidenschaftliche Kaninchenzüchter es gibt –

ein schönes Märchen von einem wunderbaren Candide.

Wachstum, Wachstum, Wachstum – das kann doch nicht unendlich sein. Das muß doch jedem Kind einleuchten, daß das immer wieder sein Ende hat, damit es wieder von vorn beginnen kann. Unser System benötigt die Katastrophen, und wenn diese nicht mehr genügen, macht es die Katastrophe selbst. So einfach ist das, und so traurig, und nicht erklärbar, und also, sagt Candide, Kohl pflanzen und den Garten pflegen.

Auch Resignation kann eine Einsicht sein. Und ein neues System hätte Einsicht nötig.

Von der voreiligen Verteidigung

Der Bus ist voll besetzt. Vor mir sitzt ein junger Mann, offensichtlich ausländischer Herkunft, sehr wahrscheinlich Tamile. Nun steigt eine ältere gehbehinderte Dame ein, gepflegt gekleidet, graue Dauerwellen mit etwas zu viel Bläue. Der Tamile vor mir springt auf und bietet der Frau seinen Platz an. »Bitteschön«, sagt er. Die Frau schaut ihn voller Haß an, schubst ihn unnötigerweise noch etwas mehr zur Seite, und setzt sich ohne einen Dank auf den Sitz, der ihr wohl zusteht. Nun wieder dieser Blick zu ihm, ein Blick, der etwa sagen könnte: »Mit mir nicht!«

Soll ich eingreifen, soll ich ihr sagen, daß sie sich auch bedanken könnte? Aber ich fürchte, mein Hinweis könnte zu laut werden – bereits habe ich Gänsehaut –, ich lasse es sein, und die Geschichte verfolgt mich lange und verdirbt mir meine Zeit. Die Geschichte begann mich an irgend etwas zu erinnern, an irgend etwas.

Zwei Tage später ein Eishockeyspiel – ich weiß nicht, ob man immer noch »Spiel« sagt – am Fernsehen, nicht aus besonderem Interesse, eher aus abendlicher Langeweile. Ich verstehe nichts von Eishockey und kenne nicht einmal die Regeln, trotzdem mein Wunsch, daß die Schweiz gewinnen möge. Sie spielten, soweit ich das beurteilen konnte, tapfer, sie bewahrten ihre Chance und bewahrten ihre Chance und bewahrten ihre Chance, waren dauernd in Bedrängnis und verteidigten und verteidigten.

Ich weiß, ich verfalle immer wieder dem Fehler, daß ich irgendwelche Verhalten für schweizerische halte, die nichts anders sind als allgemein menschliche, und in diesem Falle ist es eher das Erbarmen mit diesen Schweizern oder eben uns Schweizern, die so arg in Bedrängnis kommen.

Und mit dem Erbarmen fällt mir auch Bundesrat Merz ein, der so tapfer wie ein Hockeyspieler, oder eben wie ein Schweizer, verteidigt und verteidigt und dabei immer ein bißchen verliert und dann den Rest verteidigt und wieder ein bißchen verliert. Im Sport hieße die Alternative Angriff, im Privaten und in der Politik würde sie Offenheit heißen.

Das war es wohl bei der alten Dame im Bus, voreilige Verteidigung – eben das »Mit mir nicht, mit uns nicht«.

Am ersten Mai trugen bunte, alternative Junge ein Transparent mit, auf dem der simple Satz stand: »Schafft den Kapitalismus ab!« Ein blauäugiger Satz wohl, aber mir hat er trotzdem gefallen, ein Schafft-ihn-ab ohne jedes Wann und Wie – einfach jetzt und für immer.

Und ein kleiner Teil davon wurde uns ja nach dem ersten Schock der Finanzkrise auch von bürgerlichen Fachleuten und Politikern lieb gemacht: »Wir brauchen eine neue Finanzordnung, wir brauchen eine neue Weltwirtschaftsordnung.« Inzwischen hört man kaum mehr davon, die Zeit drängt, und wir können nur noch das alte System stützen, flicken, reparieren und eben verteidigen. Etwa so wie die Hockeyaner, die von neuem Feuer und Leidenschaft träumen, und sobald sie auf dem Eis sind, nur noch zu verteidigen haben. Im Sport heißt die Alternative Angriff. Im Leben würde sie vielleicht Gelassenheit heißen, genießen – nicht kämpfen, sondern tanzen. Aber Gelassenheit findet man nicht in den Krisen – auf Rezessionen, auf Schweinegrippe und Kostenexplosionen hat man zu reagieren, und reagieren heißt Verteidigung.

Gelassenheit wäre eine Sache der guten Zeiten, aber wann waren sie gut, die Zeiten, wann hat in den letzten 100 Jahren ein Gemeindepräsident seine Bundesfeieransprache mit den Worten »In diesen guten Zeiten« angefangen?

Die Zeiten waren immer schlecht, auch wenn es uns gut ging. Der Kapitalismus, den die »Blauäugigen« abschaffen wollen, benötigt die Krisen. In den Krisen wird er verteidigt und wiederhergestellt. Das hat mit der Schweiz wenig zu tun, außer daß sie vielleicht in dieser Sache ein unglücklicher Musterstaat war, ein dauernder Verteidigungsstaat.

Der Igel, eingerollt und die Stacheln nach außen, jenes Symbol zur Zeit des Zweiten Weltkrieges, ist uns wohl allzu sehr in Fleisch und Blut übergegangen, und wir haben dabei wohl vergessen, daß sich auch ein Igel zur Nahrungsaufnahme entrollen muß.

Wie machen wir das? Wie entrollen wir uns? Ich weiß es so wenig wie jene mit ihrem Transparent. Ich weiß nur, daß es, sollte es gelingen, der Dame mit den gebläuten Dauerwellen schwer zu erklären wäre.

Der Zeitzeuge, der der Sohn der Nichte ist

»Wenigstens bin ich durchgekommen«, sagen jene, die bei den erbärmlichen Quizfragen am Radio scheitern. Durchkommen heißt hier nicht dasselbe wie in der Schule. Durchkommen heißt hier einfach, daß man durch die Telefonleitung bis zur Moderatorin vorgedrungen ist. Und um das »erbärmlich« gleich zu relativieren – ich höre mir das auch an, rate mit und habe auch mir eine gewisse kleine Süchtigkeit angewöhnt. Das Prinzip ist also erfolgreich, oder anders gesagt, meine Gelangweiltheit ist groß genug, um auch Erbärmliches erfolgreich werden zu lassen. Nun eine Sendung am Radio über die Beatles, die mir sehr gefallen hat, und wieder jene, die am Telefon »durchgekommen« sind. Und sie werden vom Moderator gefragt, wie sie denn zu Beatlesfans geworden seien. Und weil sie damals, 1964, als die Beatles aufkamen, noch zu jung waren, sprechen mehrere von ihnen von ihrem viel älteren Bruder, der sie darauf gebracht hätte – also wenn schon keine Zeitzeugen, dann immerhin nahe Verwandte eines Zeitzeugen.

Man hört jetzt ab und zu von der Krise der Dreißigerjahre. Ich bin 1935 geboren, also in jener Zeit – ein Zeitzeuge bin ich allerdings nicht, aber sehr nahe verwandt mit meinem Vater, der später davon erzählte. Etwa davon, wie er auf großen Umwegen zur Arbeit als Maler gegangen sei, um nicht mit seinem Weg zur Arbeit die Arbeitslosen, die da und dort rumstanden, beleidigen zu müssen.

Ich erinnere mich auch an die Generalmobilmachung, aber auch hier nicht als Zeitzeuge, denn die Zeit war keine gute, und ich erinnere mich an meine Begeisterung dafür, wie hier mit Ernst und Eile gepackt wurde, und wie mein starker Vater den Tornister über die Schulter warf und das Gewehr umhängte. Er zweifelte später im Stillen daran, daß er damals seine Heimat verteidigt hatte, und sprach fast nie davon, und vielleicht wußte ich später auch mehr darüber, weil ich später mehr darüber gelesen hatte als er.

Ich habe als Kind auch einmal dem General Guisan die Hand gedrückt – sehrwahrscheinlich, denn es könnte auch sein, daß es ein anderer Offizier, hellgrünes Auto, gewesen war. Das fällt mir immer wieder ein, wenn jemand sagt, daß das Leben kurz sei – zu kurz, um schlechten Wein zu trinken –, dann fällt mir ein, daß ich 1940 oder 41 in Luzern dem General die Hand gedrückt habe, und das ist sehr, sehr lange her – das Leben, so scheint mir, ist wirklich lange genug, um schlechten Wein zu trinken, und im übrigen ist der schlechte meist gut genug.

Im letzten Jahr war es 40 Jahre her, daß 1968 gewesen war. Kein anderes Datum war in meinem Leben so entscheidend. Zwar nicht als aktiver Teilnehmer, dafür war ich damals schon zu alt, aber als interessierter Beobachter und als Sympathisant. Und ich nahm an Jubiläumsveranstaltungen teil und wurde darüber befragt, und ich habe darüber geschrieben, und ich war hinterher immer unglücklich. Es ging in den Fragen und in meinen Antworten um Fakten – die sind festzuhalten und zu bestimmen, und die Geschichte ist eine Sammlung von Fakten. Das Leben aber ist nicht eine Sammlung von Fakten, sondern immer auch von Stimmungen, von Freuden und Leiden, von leidenschaftlichen Freuden und freudigen Leiden – die waren damals so aktuell, so brennend gegenwärtig, daß sie später nicht mehr zu beschreiben sind. Also bin ich auch selbst für diese mitgelebte Zeit kein Zeitzeuge.

Ich kenne einen alten, einen uralten Mann, einen ehemaligen Bauern, ein biederer Schweizer, er ist noch wach und rüstig, ein freundlicher Mann und ein interessierter. Ich treffe ihn ab und zu in der Beiz. Er bezahlt mir ab und zu ein Glas Wein. Er erzählt sehr gern, oft etwas zu gern. Er erzählt gern Witze, sogenannte Männerwitze.

Eines Tages sagt er, daß seine Mutter die Nichte des Komponisten Robert Schumann war, also die Tochter des Bruders von Schumann. Ich kriege Gänsehaut. Ich sitze hier in der Kneipe plötzlich mitten in der Geschichte, in einer Geschichte, die mich etwas angeht. Ich liebe und verehre Schumann, ich liebe seine Musik, seine Briefe an seine Frau, ich teile seine Begeisterung für Jean Paul – und hier vor mir sein lebender naher Verwandter – fast ein Zeitzeuge.

Und bevor ich etwas sagen kann, sagt er, er habe auch ein kleines Büchlein zu Hause, da stehe alles drin über Schumann, und er sei auch schon über 50 Jahre Mitglied des Männerchors, da habe er wohl etwas geerbt. Vielleicht ist mir Schumann doch näher als ihm.

Ein ganzes Leben

Auf meinem Tisch steht seit kurzem ein Eiffelturm. Ich habe ihn in Paris im Gare de l'Est gekauft. Ich mag ihn, ein billiges Souvenir, ein Souvenir an den Gare de l'Est. Ich bin ein paar Tage an jenem Laden im Bahnhof vorbeigegangen, wo solche Eiffeltürme ausgestellt waren. Den Eiffelturm selbst habe ich nie gesehen, aber ich mag ihn. Das Matterhorn habe ich auch noch nie in Wirklichkeit gesehen, und das muß jetzt auch nicht mehr sein. Ich nehme an, daß die meisten Menschen den Eiffelturm und das Matterhorn kennen, ohne sie gesehen zu haben, und ich fürchte mich davor, daß die Originale meinem Vorurteil nicht entsprechen könnten. Doch, ich habe sie erlebt, den Turm und den Berg, ich habe gelesen, ich habe Bilder gesehen, ich kann sie mir mit Leichtigkeit ins Gedächtnis zurückrufen – sie sind schön, die beiden. Ich freue mich über meinen Eiffelturm auf meinem Tisch.

Google earth auf meinem PC – ich fahre zum Matterhorn, ich fahre zum Gare de l'Est, zum Eiffelturm, faszinierend dieses Google earth – also, was könnte man noch suchen? Das Haus, wo ich wohne in Bellach, das Haus, wo ich wohnte in New York, und von da in einem Rush um die halbe Welt zum Haus, in dem meine Freundin wohnt, und dann Seevorstadt 57, Biel-Bienne. Die Welt wird zu einer Sauce: New York von ganz nahe ist wie Bellach von ganz nahe, das Matterhorn wird zum selben wie der Eiffelturm – was könnte man noch suchen? Ich komme mir vor wie beim Ausprobieren einer neuen Füllfeder. Man möchte etwas schreiben, und es fällt einem nichts anderes ein als der eigene Name, die eigene Adresse, die Adresse eines Freundes und dann wieder ein paar Wellenlinien.

Wie gut hatte es da doch mein Großvater mit seinem Atlas, auf dem er mit seinem Finger durch Afrika reiste, nichts anderes sah als Namen auf einer Landkarte, sich vorstellte, wie Afrika ganz anders sei, und er erzählte mir, dem staunenden Kleinen, davon. Er war in seinem ganzen Leben nie im Ausland gewesen, aber er lebte nicht nur in Zofingen, er lebte auf dieser Welt, auf dieser ganzen Welt, und er liebte sie und freute sich über sie.

Wie wohl auch jener schrullige Bahnarbeiter – einsam und einzelgängerisch –, der jedes Wochenende zum Gare de l'Est fuhr, dort einen Kaffee trank und ein Croissant aß und wieder zurückfuhr – ein ganzes Leben lang. Damals als Kind war mir das unverständlich, und ich fand ihn blöd. Inzwischen bin ich alt genug, um ihn zu verstehen – ein ganzes Leben, das genügt.

Ich war noch nie in Paris. Und weil das niemand begreifen wollte, beharrte ich trotzig darauf: »Ich werde nie nach Paris gehen!« Inzwischen habe ich den schrulligen Bahnarbeiter begriffen. Ich bin ihm zuliebe zum Gare de l'Est gefahren, um mich damit, lange nach seinem Tod, dafür zu entschuldigen, daß ich ihn damals belächelte.

Nein er war kein Tourist, er war ein Fahrender, ein Eisenbahnfahrender, und seine Fahrten zum Gare de l'Est glichen dem Zeigefinger meines Großvaters, der mit ihm auf der Karte im Atlas durch Afrika fuhr.

Ja, Paris ist schön. Paris hat mir gefallen. Ich habe viele Menschen gesehen. Menschen, die am Morgen zum Zug kamen, die abends vom Zug kamen. Paris war hier im Bahnhof ganz anders, als ich mir Paris vorgestellt habe. Etwas gelassener, etwas ruhiger – und ich wurde dabei gelassen und ruhig –, und solange man den Bahnhof nicht verläßt, muß man kein Tourist sein, keinen Sehenswürdigkeiten nachrennen, um all das zu sehen, vom Louvre bis zum Eiffelturm, was man längst kennt.

Ich habe mit dem Bahnarbeiter nie gesprochen, aber ich kann mir vorstellen, daß er sehr viel wußte über Paris. Er ist vielleicht aus Ehrfurcht nur bis zum Tor der Stadt gegangen – denn Bahnhöfe sind die Tore zu den Städten. Er hat vielleicht dort ein bißchen durchs Tor geschaut, die Avenue de Luxembourg hinunter, und gestaunt: »Das also ist Paris.« Er ist ein wenig so angekommen wie ein müder Wanderer vor zweihundert Jahren, angekommen am Stadttor mit staubigen Schuhen, hat sich hingesetzt und gesagt, ich habe es erreicht, ich bin in Paris.

Das Ankommen hinauszögern, sich am Bahnhof hinsetzen, damit es lange, sehr lange, ein Ankommen bleibt. Und vielleicht ein nächstes Mal ein paar Schritte mehr, vielleicht zur Seine, auf der einst die Canotiers meines geliebten Guy de Maupassant ruderten. Und dann auch dort an der Seine sitzen bleiben und die erste Begegnung lang und ewig werden lassen.

Als mein Vater über Fußball sprach

An einem Sonntag begann mein Vater über Fußball zu sprechen, und ich erschrak. Er war schon gegen sechzig und sprach zum ersten Mal in seinem Leben über Fußball. Er ärgerte sich über die miserable Leistung eines Spielers, eines Schiedsrichters oder eines Reporters, und ich erschrak, weil ich wußte, wie sehr er sich nicht für Fußball interessierte, und wie er, unausgesprochen, jene verachtete, die zum Fußball gingen, aber ohne es mir zu verbieten, er war tolerant. Er selbst ging sonntags in die Berge, da hatte Fußball keinen Platz – auch nicht in seinem Kopf. Mein Vater wußte, für was er sich interessiert, und er wußte darüber viel und erzählte davon. Dafür bewunderte ich ihn.

Und nun, an einem Sonntag, sprach er plötzlich vom Fußball, das Desinteresse der Gelangweiltheit hatte endlich auch ihn erreicht – er besaß jetzt einen Fernseher.

Weiß ich denn noch, für was ich mich wirklich interessiere? Ich beginne bereits an meinem eigenen Interesse für Fußball zu zweifeln. Ich bin nicht mehr sicher, ob mich die Bundesratswahlen wirklich interessieren – oder anders gesagt, sie sind mir durch diese Dauerberieselung mit Pseudosensationen zum vornherein verleidet. Ich beginne jene zu verstehen, die sich davon verabschieden und sagen, daß es sie nicht interessiere. Ich beneide sie ein bißchen dafür, daß es ihnen gelingt, sich nicht interessieren zu lassen.

Und alles verkommt zur Unterhaltung, der Wetterbericht und die Bundesratwahlen, die Waldbrände und die Erdbeben, die Krankenkassenprämien und die Schweinegrippe. Infotainment nennt man das, diese Mischung aus Information und Unterhaltung. Noch gleichen die Bundesratswahlen den Oscarverleihungen nicht, aber ihre Ankündigungen beginnen ihnen zu ähneln – die große Show, die eines Tages zu langweilen beginnt und abgesetzt wird, weil sie kein Publikum mehr hat.

Aber am Mittwoch (also inzwischen am vergangenen Mittwoch) schaue ich Fußball: Lettland – Schweiz. Ich freue mich darauf, ich werde auch mitfiebern, ich werde mich freuen oder ärgern, ich werde mich am Donnerstag in der Beiz »fachkundig« dazu äußern.

Zu wem sprechen sie eigentlich am Radio, die Bundesratskandidaten? Zu mir? Ich kann sie nicht wählen, aber sie sprechen so wie solche, die gewählt werden wollen, vorsichtig, sehr vorsichtig – nicht allzu politisch, eigentlich überhaupt nicht politisch – eher irgendwie volksnah. Sie sagen zwar, daß sie die gleichen bleiben würden, aber wer sind sie? Eben die gleichen – wie du und ich.

Nein, ich weiß nicht, wie man das anders machen könnte, und sie tun mir ein bißchen leid, die Kandidaten. Sie erinnern mich irgendwie an Mißbrauchte, an mißbrauchte Schönheitsköniginkandidatinnen, an mißbrauchte Teilnehmerinnen einer Quizshow. Vielleicht sind sie gar nicht gemeint und jederzeit durch andere, die sich gleich verhalten würden, ersetzbar. Anläßlich von Wahlen bekommen politische Inhalte, bekommt die Politik einen Grauschleier und schimmelt ein bißchen an. Daran ist niemand schuld, außer eben die Taktik, die es wohl braucht, aber die sich nie vom Verdacht befreien kann, daß sie nicht ganz sauber ist.

Doch sicher, ich werde sie mir wieder anschauen am Fernsehen, die Bundesratswahlen, und ich werde gespannt sein. Ich werde sie mir anschauen wie das Fußballspiel, wie die Unterhaltungsschau, wie den Wetterbericht. Und das Resultat wird ein ähnliches sein wie beim Wetterbericht – es wird kommen, wie es kommt. Und letztlich bleibt wie beim Fußball nur das Resultat.

Ich kannte einen alten Mann, der war vor dem Krieg mal Fußballer, Profi in Frankreich. Und wenn ich ihn fragte, ob er das Spiel am Fernsehen gesehen habe, sagte er: »Nein, ich schaue keinen Fußball, ich habe noch nie ein Spiel gesehen, außer wenn ich auf der Bank saß, ich habe Fußball gespielt, nicht Fußball geschaut.« Das fand ich eigenartig, und es beeindruckte mich – das konsequente Wissen, für was man sich interessiert.

Weiß ich, was mich interessiert? Ist es mein persönliches Interesse, mein persönlicher Glaube? Ein Pfarrer sagte mir mal, daß er nicht mehr überprüfen könne, ob er wirklich glaube, wirklich ein gläubiger Christ sei. Sein Beruf sei ihm im Weg. Er habe eine große Familie, und er verdiene sein Geld als Pfarrer. Er hoffe zwar, daß er gläubig sei. Aber er könnte es sich ja aus wirtschaftlichen Gründen gar nicht leisten, nicht zu glauben, ihm fehle die Möglichkeit, es ehrlich zu überprüfen.

Das Mädchen mit der Kastanie

Ich stehe mit Erino, er ist Zauberer und hatte eben einen Auftritt, vor einem Festzelt. Nun kommt uns ein kleines Mädchen entgegen. Es strahlt übers ganze Gesicht und trägt auf der flachen Hand eine Roßkastanie. Da, wo wir stehen, liegen noch viele herum, aber für das Mädchen gibt es nur diese eine, diese wunderbare. »Was hast du da?« fragt der Zauberer, nimmt ihm die Kastanie von der Hand, und schon ist sie verschwunden. Er hat nichts mehr in den Händen. Jetzt greift er ihr hinters Ohr, holt dort die Kastanie wieder raus und legt sie auf die Hand des Mädchens. Es schaut ihn mißtrauisch an, und ich sage zu ihr, daß Erino eben ein Zauberer sei und ihre Kastanie verschwinden lassen und wieder hervorzaubern könne, und das kleine Mädchen sagt leise und fast nur zu sich selber: »Ich möchte das aber nicht – e wett das aber ned.« Und das Mädchen geht vorsichtig weiter mit seinem Wunder auf seiner kleinen Hand. Es sieht all die vielen, die hier herumliegen, nicht mehr – nur noch seine einzige und eigene und wunderbare.

Und wir standen beide überrascht da und schauten uns an. Wie viele Kinder sind dem Zauberer doch schon nachgerannt und wollten den

Trick noch einmal und noch einmal sehen und sich an den Wundern, die der Zauberer vorgaukelte, ergötzen. Das haben wir beide wohl auch vom kleinen Mädchen erwartet. Das Mädchen aber besaß ein Wunder, das alle Wunder der Welt unnötig machte – eine Kastanie.

Auf dem Heimweg hielt ich Ausschau nach Kastanien, las eine auf. Sie war schön und strahlte. Aber es mußte noch schönere geben, und ich suchte und fand die noch schönere und dann die noch schönere. Aber so schön, wie ich die des Mädchens in Erinnerung hatte, war keine. Wohl weil es nicht bessere und noch bessere Wunder gibt – wunderbarer als wunderbar ist nichts.

Ich glaube, kaum ein Satz eines großen Philosophen hat mir auf so einfache Art etwas beigebracht wie der des Mädchens – »Ich möchte das aber nicht« –, und ich glaube, es wußte genau, was es sagte und was es damit meinte.

Ich lasse die Roßkastanie in meine Jackentasche fallen. Dort werde ich sie finden nach Wochen oder Monaten, klein und eingetrocknet, und sie wird mich vielleicht und hoffentlich an das kleine Mädchen erinnern, das mit seiner Kastanie eine ganze Welt auf ihrem Händchen hatte.

Ich setze mich zu Hause an den Tisch, nehme die Zeitung zur Hand, finde ein Sudoku, nehme meinen Stift und beginne Zahlen einzufüllen, ich kann es nicht lassen, jedes dieser blöden Quadrate zwingt mich zum Ausfüllen. Ohne den Basler Mathematiker Euler gäbe es sie nicht, diese Sudokus. Aber was weiß ich schon von Euler? Ja, den Namen, und den nur als eine Lösung im Kreuzworträtsel. Da kommt er ab und zu vor. Also jetzt noch das Kreuzworträtsel auf der nächsten Seite. Französischer Autor, vier Buchstaben, das weiß ich – Anet heißt er, keine Ahnung, wer das ist. Ein Mann wie Euler, eben einer im Kreuzworträtsel. Einer, der durch seine Buchstabenfolge günstig ist als Füller. Ich habe nie etwas gelesen von ihm und werde wohl auch nie etwas lesen, auch nicht seinen Roman »Ariane«, auch das ein Kreuzworträtselwort.

Und zum Schluß sind im Rätsel noch fünf Felder frei, und ich bin leicht verstimmt, weil es mißlungen ist.

Warum tu ich das? Warum tu ich mir das an? Warum kann ich es nicht lassen? Ist es der kindische Versuch, so etwas wie eine Welt herzustellen, die aufgeht, die – wenigstens in sich – sinnvoll ist? Wenn es nicht aufgeht, ist es leicht ärgerlich, und wenn es aufgeht, ist es eine Freude, die gleich schal wird – weggeworfene Zeit, dem Leben gestohlen.

Das Mädchen mit der Kastanie fällt mir ein. Sein Versuch ist nicht kindisch, sondern kindlich. Es trägt eine ganze Welt auf der Hand, eine Welt, die in sich sinnvoll ist. Und es lebt jetzt in dieser Welt und freut sich über sie.

Nein, nicht daß mich diese Rätsel von sinnvollem Tun abhalten, ärgert mich, sondern daß sie mich abhalten vom Nichtstun, von dieser Langeweile, die die Zeit lang werden läßt, die die Zeit erleben läßt: zwei, drei Stunden lang eine Kastanie betrachten. Das möchte ich können, und das kann ich nicht – ich bin kein Kind mehr.

Und ich möchte gern wissen, was aus dem Mädchen mit der Kastanie, ich kenne nicht mal seinen Namen, einmal wird.

Wohl halt auch nur eine Erwachsene, wie wir alle.

Adolfs ganze Welt

Beim Stöbern in einem Schrank zwei Fotoalben gefunden – eine Reise vor dreißig Jahren nach Australien und Neuseeland, eine Lesereise fürs Goethe-Institut mit Zwischenhalten in Sri Lanka und Bali. Ich hatte vergessen, daß ich da eine Kamera mit hatte, jetzt erinnere ich mich – nein, nicht eigentlich an die Reise, viel mehr an das Fotografieren, daran, daß mir die Kamera mein Schauen verdarb. Ich schaute nicht mehr, sondern suchte Motive. Die Kamera in meiner Tasche machte meine Tage viereckig.

Ein Bild von ein paar Buben, an sie erinnere ich mich, wir blödelten miteinander, und sie zwangen mich immer wieder, sie zu fotografieren, und einer, der da rechts hinten, war sehr frech und lustig. Auch mit ihm konnte man zwar nicht sprechen, aber man konnte sich unterhalten und verständigen mit ihm. Doch, doch – ein bißchen Erinnerung: Elefanten, Palmen, Hütten. Ich erinnere mich eigentlich nur daran, fotografiert zu haben. Ja, das habe ich fotografiert. Und dann ein Bild von einem Palmweinzapfer – nicht eine Erinnerung an Sri Lanka, sondern eine an den Afrikaner Amos Tutuola und sein wundersames Buch mit diesem Titel.

Das erste Bild im ersten Album ist ein ödes Hotelzimmer. Ich erinnere mich, daß ich mir vorgenommen hatte, ab jetzt und für immer alle Hotelzimmer, in die ich komme, zu fotografieren – und sonst nichts, nur die Hotelzimmer. Sie tauchen in den drei Alben immer wieder auf wie erratische Blöcke in einer exotischen Welt.

Aber wie aus all meinen Sammlungsversuchen – Briefmarken, Steine, Nashörner, Uhren – ist auch aus dieser Hotelzimmersammlung nichts geworden. Das ist schade, denn diese Sammlung hätte mich erinnert, nämlich an mich erinnert – alles andere erinnert nur an eine Reise.

Kaum eine Interviewfrage macht mich so verlegen wie die Frage: »Reisen Sie gern?« Ich weiß es nicht, ich weiß es beim besten Willen nicht, und meine Fotos erinnern mich nur an meine Verlegenheit gegenüber dieser Frage.

Ja, ich gehe gern fort, und ich komme gern zurück – ich fahre gern Eisenbahn. Ich bin schon als kleines Kind gern auf dem Karussell, auf dem Rösslispiel gefahren, Runde für Runde an den Eltern vorbei, von den Eltern weg, die Flucht – auf die Eltern zu, die Sicherheit – Flucht in sicheren Geleisen.

Übrigens, auf dem Flug von Singapur nach Sydney, nachts, brannte ein Triebwerk. »Sorry«, sagte der Pilot am anderen Morgen, »we had a little backfire at the left engine, but now everything is

O.K.« Ob das ein Erlebnis ist? Erzählbar, erlebbar? Auch das fällt mir ein beim Betrachten meiner ersten Bilder von meiner gescheiterten Hotelzimmersammlung.

Ja, da war ich – im Regenwald, bei den Elefanten, und dieses schreckliche faschistische Bauwerk ist das australische Armeemuseum. Warum habe ich es fotografiert, warum habe ich es besucht? Wohl einfach, weil ich da war, und die Bilder sind gar keine Erinnerungen, nur Quittungen dafür, daß ich da war.

Interviewfrage: »Was würden Sie tun mit einem großen Lottogewinn?« Standardantwort: »Eine Weltreise!« Mir fehlt jede Motivation, Lotto zu spielen.

Adolf fällt mir ein, ehemaliger Bauarbeiter, ein kleines, zähes Männchen, Eigenbrötler, er saß in der Feuerwehrhalle und las beigenweise Kioskheftchen, ein leidenschaftlicher Leser. Ich hätte gern mal mit ihm gesprochen, aber er sprach nicht, er grinste nur weise und schüttelte den kleinen Kopf. Und er hörte auch lesend den Gesprächen am Stammtisch zu und flüsterte vor sich hin: »Aha« oder »So, so.«

Als Brachers Feuerwehrhalle mit der wunderbaren Wirtin Gerli geschlossen werden mußte, eine Tragödie für viele, servierte ich am letzten Tag. Jeder Gast bekam zum Abschied ein zweites Getränk gratis. Ich ging also zu Adolf, der ab und zu ein Gläschen zuviel trank, und fragte ihn, ob er noch ein Gläschen möchte. Er erschrak und sagte: »E be de scho i aune Kantön gsi.« Ich wiederholte das Angebot. Und er sagte: »Nein, am letzten Tag möchte ich nüchtern hier rausgehen.«

Auf dem Heimweg überlegte ich mir, ob ich denn auch schon in allen Kantonen war. Zu Hause nahm ich die Schweizerkarte und überprüfte es. Ja, ich war auch schon in allen Kantonen. Aber das war nicht dasselbe wie für Adolf. Für ihn war das eine komplette Sammlung, die ganze Welt – Adolf hatte sie gesehen.

Von der Angst der Vereinsamten

Mein Vater erzählte, daß ihm – als er ein junger Handwerker war – ein Arbeitgeber einmal mit Entlassung drohte, wenn er weiterhin täglich rasiert zur Arbeit komme. Täglich rasiere hier sich nur der Meister, die Gesellen nicht.

Aber immerhin, auch die einfachen Männer leisteten es sich damals, einmal wöchentlich zum Coiffeur zu gehen und sich rasieren zu lassen. Das war am Samstag, ein langer Nachmittag und Abend, die Männer trafen sich beim Coiffeur, saßen da rum und warteten, bis sie an der Reihe waren, und wenn sie abgefertigt waren, setzten sie sich wieder zu den Wartenden und führten ihre Gespräche weiter. Ein Bier in der Beiz kostete damals 25 Rappen, das Rasieren nur 20 Rappen. Man konnte sich beim Coiffeur billiger und länger miteinander unterhalten.

Diese Unterhaltung nannten sie Politisieren, und in diesem Politisieren hatte alles Platz, über das man ein bißchen streiten konnte, die Gartenpflege, der Streit mit Frau und Schwiegermutter, über Turnverein und Dorfmusik.

Das ist mir eingefallen, als sich kürzlich in einem Gespräch ein Redaktor einer Zeitung darüber beklagte, daß sie bereits wieder lange Sitzungen hätten zur Verbesserung des neuen Layouts, um etwas zu unternehmen gegen den Rückgang der Auflage.

Und etwas Zweites fiel mir ein. Jedesmal, wenn ich längere Zeit im Ausland war, in New York zum Beispiel, abonnierte ich eine Wochenzusammenfassung einer Schweizer Zeitung, aber schon nach zwei, drei Wochen blieb sie meist ungelesen und wurde so entsorgt. Ich hielt erst mal die Distanz und die Ferne für den Grund meines Desinteresses – aber eigentlich war es etwas ganz anderes: Ohne Mündlichkeit, ohne die Diskussion darüber, ohne Verständigung oder Streit darüber, wird jede Aktualität schal. Wenn man keine Gelegenheit hat, darüber zu sprechen, braucht man es auch nicht zu lesen.

Die Zeitungen sind schlechter geworden. Ich höre das immer wieder und bin selbst überzeugt davon. Aber vielleicht fehlen mir nur die Gelegenheiten, darüber zu sprechen. Es gibt immer weniger Öffentlichkeit, es gibt nur noch die Party- und Grillgesellschaft der Gleichgesinnten, Gleichreichen, Gleicharmen und Gleichtönigen. Die Öffentlichkeit ist aufgespaltet in private Gettos, der Stammtisch ist verwaist – die Raucher rauchen zu Hause und legen die Zeitung ungelesen weg. Ohne mündliche Verbreitung ist das Schriftliche verloren, und selbst die Boulevardzeitung findet den Weg in die täglichen Gespräche kaum mehr, die

Buchstaben der Zeitung werden zu toten Buchstaben, wenn sie die Stimmen der Menschen nicht mehr erreichen, wenn sie nicht mehr zum Gesprächsthema werden. Gepflegte Restaurants sind kein Ersatz für Dorffriseur und Dorfkneipe, und die gibt es mehr und mehr nicht mehr.

Ich weiß nicht, was dagegen zu tun wäre – aber nicht nur Medikamente haben ihre selbstverständlichen Nebenwirkungen, auch gesellschaftliche Veränderungen. Die Staatsverdrossenheit, einstmals mit Besorgnis wahrgenommen, wird inzwischen zum erfolgreichen Wahlschlager bürgerlicher Parteien, was einmal besorgniserregend war, das wird inzwischen propagiert. Aber nicht nur der liberale, soziale Staat ist aus der Aufklärung hervorgegangen, auch die freie und befreite Gesellschaft, die inzwischen in der totalen Privatisierung zum Kastensystem zurückfindet. Selbst die Politiker, so scheint mir, sind mehr und mehr gern unter sich, und ihre Öffentlichkeit beschränkt sich auf einen schön gedeckten Tisch in einem guten Restaurant. Die rauchfreie Kneipe nebenan ist ohnehin leer.

Unsere erfolgreiche Demokratie stammt aus einer Welt des mündlichen Umgangs der Leute miteinander – die gettoisierte Welt will nicht mehr zu ihr passen.

Die schweigende Mehrheit hat wieder mal von sich reden gemacht am 29. November. Und wir meinen mit »schweigend« eigentlich etwas anderes, nämlich nur, daß man sie nicht hört. Aber vielleicht sind sie inzwischen wirklich mehr und mehr schweigend, reden mit kaum mehr jemandem, treffen niemanden mehr, *machen* sich keine Meinung, sondern *haben* nur eine und leben schweigend in Angst – vielleicht wäre »Die Mehrheit der Vereinsamten« der richtige Ausdruck. Und die Summe der Vereinsamten führt letztlich zu einer vereinsamten Gesellschaft und zum vereinsamten Staat im Gefüge der Staaten. Seit dem 29. November beginne ich mich zu fürchten.

Als ich dem Blocher meiner Mutter entwuchs

Eine Einladung von ehemaligen Schülern zu einer Klassenzusammenkunft. Ich freue mich darauf. Ich hatte eine gute Zeit damals mit meinen Schülern in Lommiswil. Sie waren ältere Kinder, ich ein sehr junger Erwachsener – sie waren 13, ich war 20. Damals war das ein Altersunterschied. Inzwischen sind wir im selben Alter, im Rentenalter.

Ich erinnere mich noch an drei, vier Namen, ich erinnere mich noch an Gesichter und Geschichten und suche krampfhaft die Namen dazu – doch, noch ein Name, Bethli Portmann, sie hatte mir Leim auf meinen Stuhl gestrichen, und ich habe mich darüber gefreut, weil die Mädchen mir gegenüber sehr zurückhaltend waren und schüchtern und sich nur sehr passiv am Unterricht beteiligten. Mit dem Leim begann die Kontaktaufnahme. Und das Wort Unterricht will nicht eigentlich zu meiner Erinnerung passen. Wir gingen einfach miteinander zur Schule, und ich ging sehr gern. Vielleicht war es ganz anders, aber ich erinnere mich so.

Wie wir uns nun treffen, im Restaurant »Lamm« – ich 74, sie 68 –, kenne ich sie gleich alle, und die Namen fallen mir ein, sie sind noch gleich, und das einzige, was sich geändert hat, ist, daß wir jetzt im selben Alter sind. Ich wußte von den meisten nicht, was sie geworden sind – und jetzt sind sie es bereits nicht mehr. Bethli ist nicht gekommen, sie ist vor zwei Jahren gestorben, das tut mir leid, aber davon habe ich so wenig erfahren wie von ihrem ganzen Leben nach der Schulzeit. Und weil ich die »Schüler« jetzt, nach mehr als 50 Jahren, hier wiedertreffe – und dazwischen sozusagen nichts war –, wird die längst vergangene Zeit zu einem Gestern, die Zeit dazwischen ist keine mehr. Ich treffe Kolleginnen und Kollegen, mit denen ich zusammen zur Schule gegangen bin.

Wir sagen uns inzwischen Du. Aber ob für sie diese Erinnerung dieselbe ist? Wohl kaum! Und begegne ich eigentlich wirklich ihnen oder begegne ich viel mehr mir selber, mir, dem sehr jungen Lehrer von damals, und versuche mich freundlich an ihn zu erinnern? Begegnet man wirklich sich selbst, wenn man seiner eigenen Jugend begegnet, seiner eigenen Kindheit? Hat man vielleicht nicht irgendwann doch sich selbst verlassen?

Oskar Matzerath, der Erzähler in der »Blechtrommel« von Günter Grass, fällt mir ein. Er wollte als Dreijähriger nicht mehr wachsen, und er beschrieb als kluges Kerlchen aus seiner Position die Welt der Großen – der Gewachsenen.

Ja, daran erinnere ich mich ein bißchen, an das Kleinsein – zum Beispiel jedes Mal, wenn ich irgendwo meine Jacke an einen Haken hängte. Als ich den Haken noch nicht erreichte, hatte ich eine spezielle Technik. Ich rollte die Jacke zu einer steifen Wurst und zirkelte den Aufhänger über den Haken, nicht ohne vorher geprüft zu haben, ob ich den Haken bereits wie die Großen erreichen könnte. Jahrelang habe ich täglich darauf gewartet. Und als es endlich erreicht war, war es nichts Besonderes mehr. Die Technik zuvor war etwas Besonderes – jetzt war sie verloren und nutzlos, verloren für immer – die Grenze war überschritten, es gab kein Zurück mehr.

Und an einen schmerzlichen Verlust durch Wachstum erinnere ich mich immer wieder, an den schweren Blocher meiner Mutter, mit dem sie das Parkett in der Stube glänzte. Ich durfte mich darauf setzen, die Beine anziehen und mich am Stiel festhalten, und dann schob sie mich quer durch die Stube hin und her. Der Blocher meiner Mutter, mein wunderbares Karussell mit dem leichten Hauch des fast Verbotenen, des Schabernacks. Wir freuten uns beide darüber und hatten es lustig. Aber von Woche zu Woche wurde das Anziehen der Beine anstrengender, und ich erreichte den Blocher nur noch mit den Fersen. Und eines Tages war es aus, endgültig aus. Ich erinnere mich noch genau daran, wie wir beide versuchten, die Füße doch noch auf den Blocher zu bringen – aus, fertig, nichts zu machen –, ich war zu groß geworden. Darüber war ich sehr traurig und meine Mutter wohl auch ein bißchen – eine weitere Entnabelung sozusagen. Wir gehörten schon wieder ein bißchen weniger zusammen. Eigenartig, je mehr ich mich ihrer Größe näherte, wie weniger gehörten wir zusammen.

Dabei war es mir durchaus recht, größer zu werden. Wachstum war wünschenswert. Aber ein Zurück zum Anfang gibt es nicht.

Und das Neujahr, der erste Januar, ist auch kein Anfang. Auch wenn wir das immer wieder so haben möchten. So kann ich Ihnen nur wünschen, daß Sie das neue Jahr nicht allzu schnell wachsen und ein altes werden lassen.

Lukas der Lokomotivführer
und die Salzmänner

Die dreieinhalbjährige Kleine redet auf ihren Vater ein, und zwar nicht als Kind, das Fragen stellt, sondern als Erwachsene, die ihm die Welt erklärt – das mit den Elefanten, das mit dem Einkaufen, mit dem Eisenbahnfahren, dem Kochen, die ganze Welt. Und sie hat diese Welt im Griff, und die sprachlichen Formeln, mit denen sich die Erwachsenen in dieser Welt bewegen, gut gelernt. Sie spielt die Erwachsene fast perfekt, und daß sie dabei auch ein Publikum hat – die anderen Gäste im Lokal hören amüsiert zu –, das treibt sie in ihrem Theaterspiel in eine Glanzrolle – sie hat ein Publikum.

Nun sagt der Vater im Zusammenhang mit den Elefanten: »Im Sommer gehen wir mal in den Zoo.« Und die Kleine antwortet, wie wenn sie eine Agenda führen würde: »Im Sommer kann ich nicht, da habe ich Geburtstag.«

Ein wunderbarer Satz – da mißlingt ihr das erwachsene »Da kann ich nicht« zur Poesie. Sie wird wohl mal gefragt haben, wann sie Geburtstag habe, und die Antwort »im Sommer« als Datum verstanden haben. Oder sehrwahrscheinlich weiß sie, was ein Sommer ist, und in diesem Sommer eben hat sie Geburtstag. Da kann sie nicht.

Nichts anderes, nur Geburtstag – nur Geburtstag.

Nach und nach kommt ein Geburtstag auf mich zu, und ich habe ihn in meine Agenda eingetragen. Nicht etwa, weil ich das Datum nicht auswendig wüßte, sondern nur, um den Tag etwas davor zu schützen, was sonst noch alles ist, sein muß, gemacht sein muß, gemacht sein müßte, geschrieben sein müßte, besucht sein müßte – ach, wäre das schön: nur Geburtstag, nichts anderes, nur Geburtstag – im Frühling.

Wie war das damals, als wir noch Lokomotivführer werden wollten? Nichts anderes, nur Lokomotivführer. Und der Lokomotivführer ist den ganzen Tag ein Lokomotivführer, und er tut nichts anderes. Und wenn er sich nachts ins Bett legt, ist er immer noch ein Lokomotivführer. Und wenn er morgens aufsteht, ist er es auch – wie in den Kinderbüchern. Wer da etwas ist, ist es ganz und gar und nur das: Lukas der Lokomotivführer.

Für kleine Kinder ist das Leben ein großes Versprechen.

Förster werden, nur Förster – nur Wald, nichts anderes. Oder ein Leben lang Bauer – ohne Sorgen mit Hagel und Unwetter, mit Milchpreis, Frau und Familie, Nachbarn und Verwandten – nur Bauer.

Nur, das Leben ist nicht so. – So ist es halt. Aber kleine Kinder erwecken in mir immer wieder den wohl falschen Verdacht, daß es so sein könnte, und ich erinnere mich an einen Film, den ich mir immer wieder staunend anschaue, »Die Salzmänner« von Ulrike Koch und Pio Corradi.

Im nördlichen Tibet gibt es die Salzmänner. Sie werden von ihrem Volk ausgewählt und sind etwas ganz Besonderes, in aller Einfachheit etwas Besonderes, etwas Religiöses, fast Magisches. Sie machen sich Jahr für Jahr mit einer Herde von Yaks auf zu einem monatelangen Fußmarsch zu den Salzseen, um Salz zu holen – lebenswichtiges Salz. Sie haben dabei Rituale zu erfüllen, und das tun sie mit einer pragmatischen Selbstverständlichkeit, und sie haben der Natur zu trotzen, und sie können lachen und feiern. Wenn sie sich den Salzseen nähern, sprechen sie eine andere Sprache, die Sprache der Salzmänner, die nur die Salzmänner sprechen.

Sie sind Salzmänner, nur Salzmänner – nichts anderes. Und ihre Sorgen sind nicht störend, sie sind selbstverständlich eingebaut in ihr Leben.

Und selbstverständlich könnte ich das nicht, und würde ich in ihrem Volk leben, sie würden den Falschen wählen, wenn sie mich wählen würden. Aber wenn ich diesen Film anschaue, dann habe ich trotzdem den Verdacht, daß ich mein Leben verpaßt habe, daß wir in unserer Welt dauernd daran sind, unser Leben zu verpassen. (Heute habe ich wieder begeistert zwei Stunden lang dem Roger Federer zugeschaut.)

»Ihr seid das Salz des Lebens«, hat Jesus von Nazareth seinen Jüngern gesagt. Salz ist Leben. Das Volk der Salzmänner betreibt mit dem Salz seinen Tauschhandel. Sie kennen kein Geld, und sie brauchen kein Geld. Aber die Männer waren alle schon mal in Lhasa, zum mindesten an einem Rand der modernen Welt, nach einer mühseligen Pilgerfahrt auf den Knien. Und sie haben sich diese Welt angeschaut und sind unberührt in ihre unberührte Welt zurückgekehrt.

»Wie lange werden sie sich in dieser Welt halten können«, frage ich Pio Corradi.

»Ab und zu kommt ein Tourist vorbei, und der hat ein Kästchen mit, aus dem Musik kommt. Und dann schenkt er es ihnen. Und wenn keine Musik mehr daraus kommt, dann brauchen sie Batterien, und dafür brauchen sie ein klein bißchen Geld, und ihre Welt bricht zusammen.«

Das Mädchen mit der Zitrone

Krampfhaft und verkrampft, auch ein wenig geschwächt – ich habe eine Grippe hinter mir – nach einem Thema für eine Kolumne suchen, im Hirn herum grübeln, im eigenen Leben herumfahren, nach Menschen suchen, denen ich begegnet bin – Biographie, Biographie.

Ich werde sie mir in den nächsten Tagen wieder einmal und noch einmal und noch einmal anhören müssen: 1935 geboren, Lehrer in, erste Veröffentlichung usw. usw. Und ich werde sie mir anhören wie die Biographie eines Fremden, denn selbst ich hatte sie nach und nach auswendig zu lernen, wie wenn ich sie nicht selbst gelebt hätte. Habe ich sie überhaupt gelebt, oder hat meine Biographie mich gelebt?

1935 in Luzern geboren, das ist wohl richtig – 24. März, das Datum ist mir zu einem besonderen geworden, wenn ich es auch sozusagen nicht erlebt habe. Dann aufgewachsen, und schon ist man Schriftsteller – so geht das.

Und irgendwie bäumt sich in mir etwas auf – da fehlt etwas.

»1941 traf er in Langnau im Emmental die Familie Horisberger«, das fehlt, und es ist mir wichtig – da war ich wirklich dabei, hinter dem Haus der

Metzgerei Horisberger im Garten an einem Tisch. Und sie haben mit mir gesprochen und ich mit ihnen, und ich sehe ein genaues Bild davon. Und ich fühlte mich ernst genommen, und es ging mir richtig gut.

Wie viele Namen habe ich inzwischen vergessen? Wichtige Namen von Menschen, mit denen ich etwas zu tun hatte, etwas erlebt hatte. Aber jedes Mal, wenn ich in meinem Hirn zu wühlen beginne, leuchtet der Name Horisberger als erstes auf. Ich mag die Horisbergers zwar mehrmals gesehen haben, damals als Kind, erinnere mich aber nur an diese eine Begegnung und habe sie später, als ich älter wurde, nie mehr gesehen.

Sie waren die Nachbarn meiner Patentante, meiner guten Gotte, bei der ich in den Ferien war. Da gab es Pferde und einen Traktor und einen wunderbaren Fahrer, der Lehmann hieß und wohl etwas viel trank, und Stallungen und Scheunen und Remisen und viel zu erleben. Da gäbe es zu erzählen.

Von Horisbergers gibt es nichts, gar nichts zu erzählen. Die waren nur da, und die haben mir so sehr gefallen, und mir war es richtig wohl, und ich gehörte dazu. Kein Erlebnis, kein erwähnenswertes Datum in meiner Biographie. Ich verliebte mich wohl in sie, und mit ihnen in das Leben – ob zu Recht oder nicht, das spielt keine Rolle. Mein Gedächtnis hat davon eigentlich nur etwas gespeichert, einen Namen, einen wunderbaren Namen, Horisberger. Er steht für nichts anderes als für ein heftiges Gefühl des Daseins – ich bin da und gehöre dazu. Was will man mehr von seinem Leben?

Wie vielen Menschen bin ich wohl in meinem Leben begegnet? Und wie viele Menschen haben mein Leben ausgemacht? Ich wühle in meinem Hirn und versuche immer wieder, ein Inventar zu erstellen, und komme dabei selten über meine frühsten Kindheitserinnerungen heraus. Jene Zeit, in der man noch nichts werden mußte – nur da sein. Ob ich das heute noch dürfte als Sechsjähriger? Heute müßte ich wohl in diesem Alter schon etwas werden, mich in den Existenzkampf einordnen, bevor ich das Gefühl von Existenz erlebt hätte – ich existiere, ich bin da.

Wenn ich mir die Biographie meiner »Erfolge« anhören muß – 1964 »Eigentlich möchte Frau Blum den Milchmann kennenlernen« – fällt mir »1941 Horisbergers in Langnau« als Trost ein. Leben könnte etwas anderes sein als Biographie.

Damals, als ich noch keine Biographie hatte: eine Waldlichtung in der Nähe von Luzern, ein Kinderspielplatz und das Mädchen mit der Zitrone. Sie aß Zitronen, wie andere Orangen aßen, Schnitz für Schnitz, und ich verehrte sie und hielt sie für sehr erwachsen – dünn, blond, frech und lustig. Was aus ihr wohl geworden ist und aus all den Hunderten oder Tausenden, denen ich in meinem Leben begegnet bin.

Das Mädchen mit der Zitrone – Pippi Langstrumpf hat mich später an sie erinnert –, vielleicht ist sie Geigerin geworden, vielleicht ist sie eine glückliche Frau geworden oder eine unglückliche, oder beides. Vielleicht ist sie nach Madagaskar ausgewandert – wo liegt das? – und muß dort zum Zahnarzt – und der Zahnarzt hat schweizerische Abstammung, und in seinem Wartezimmer liegt die Illustrierte, und sie liest jetzt diese Zeilen. Sollte es so sein, dann melde dich doch bitte, Mädchen mit der Zitrone, und sag mir, wie es dir geht.

Eine nutzlose Geschichte zum Geburtstag

Geburtstage im Alter – mein Geburtstag – erinnern an andere Leute, an Freunde, die auch alt waren, damals, als man noch jung war. An uralte Lehrer zum Beispiel, und wenn man nachrechnet, waren sie vierzig oder fünfzig und also viel jünger, als ich heute bin. Sie waren uralt, nur weil sie älter waren als ich.

Zwei Mädchen, geschminkt und aufgetakelt, an der Bushaltestelle. Ich höre von ihrem Gespräch nur einen Satz: »Du bist ja schon neunzehn – wie ist das?« Ich lächle – da beginnt es schon, das Alter. Sie könnte ihr jetzt auch sagen, daß sie gut aussehe. Das muß ich mir jetzt, wo von meinem Geburtstag die Rede ist, tagtäglich anhören: »Du siehst gut aus.« Damals aber, als ich noch jung war, war keine Rede davon. Der alte Mann in der Wirtschaft, der einem Fremden gegenübersitzt und nach langem Schweigen sagt: »Schätzen Sie mal – wie alt bin ich?« Und der andere sagt: »Ich weiß es nicht – aber Sie sehen jünger aus.«

Und die schönste Geschichte, die ich dazu kenne: Das Gedicht von Joachim Ringelnatz über das Eintagsfliegenehepaar an seinem Lebensabend, der ein wirklicher Abend ist und nur dieser eine Abend in ihrem Leben. Und der Eintagsfliegenmann sagt zu seiner Fliegenfrau zärtlich: »Weißt du noch, wie es halb sechs Uhr war?«

Oder Max Frisch in seinem Vorwort zu einer Gesamtausgabe der Werke von seinem verehrten Albin Zollinger: »Zollinger war damals sechzehn Jahre älter als ich: heute hingegen bin ich älter als Zollinger geworden ist. Schreibe ich über den Älteren oder über den Jüngeren?«

Georg Büchner war auch jung, sehr jung, als er starb. Ist er deshalb jünger als ich? Ist Mozart, der auch jung starb, jünger als ich? Nein, sie sind beide die Älteren, weil das schon zweihundert Jahre her ist – sie sind zweihundert Jahre älter.

»Man ist so alt, wie man sich fühlt«, so ein Blödsinn. Und wenn ich mich zweihundert Jahre alt fühle? Was dann? Basta!

Generationen, was ist das?

Max Frisch, der Ältere, seit er tot ist, fällt er mir immer wieder ein an meinen Geburtstagen. Er war im Alter meiner Eltern, und meine Eltern gehörten einer anderen, einer ganz anderen Generation an. Mein väterlicher Freund Frisch aber gehörte zu unserer Generation. Wie alt war er eigentlich damals, als er mich anbrüllte, zusammenschiß, mir seine Freundschaft auf immer (vorläufig) kündigte. Er war übrigens im Recht, ich im Unrecht. Ich erinnere mich noch an mein Unrecht, und mündlich würde ich das auch erzählen, schriftlich geht es nicht.

Also eine andere, spätere heftige Auseinandersetzung: Wir waren zusammen in New York durch die Bars gezogen, kamen spät zurück nach Hause, und es wurde später und später, und als es sehr spät war, begann Max von seinen Träumen zu erzählen, von seinen Flugträumen. Und ich erzählte von meinen Flugträumen, und wir waren glücklich darüber, daß wir nachts im Traum ähnliche Flugerlebnisse hatten, und weniger glücklich darüber, daß wir sie überhaupt hatten. Wir waren auch beide überrascht darüber, daß wir uns nicht an Landungen erinnerten. Aber, und jetzt begann unser Unglück, an Starts erinnerten wir uns. Und wir begannen uns über Starttechniken zu unterhalten, wissenschaftlich wie Ingenieure.

»Die Arme also weit ausgebreitet und dann ganz leicht mit Schwingen beginnen«, sagte Frisch. »Nein, um Gottes willen«, sagte ich, »die Unterarme angewinkelt, und die Ellbogen heftig auf- und abbewegen.« Und er erklärte es mir noch mal väterlich, und ich beharrte auf meiner Technik, und wir brüllten aufeinander ein, und jeder war überzeugt, daß der andere absolut traumfluguntauglich sei – ein Streit auf Biegen und Brechen. Wir waren großartig und am anderen Tag etwas müde, aber wieder freundlich. Erwähnt wurde es nie mehr, wir waren beide im Recht.

Und eingefallen ist mir das wieder, weil ich kürzlich einen Traum hatte, einen langweiligen und unspektakulären Traum hatte, der mich auch technisch sehr beschäftigte.

Träume haben ja diese verflixte Eigenschaft, daß sie dauernd den Wahrheitsbeweis mitliefern. Sie tun also so, wie wenn man das schon mehrmals geträumt, also »erlebt«, hätte. Also träumte ich wieder einmal, und erst am Morgen stellte ich fest, daß es zum ersten Mal war, daß ich mich ganz leicht, nur ein kleines bißchen, nur zwei, drei Millimeter vom Boden abheben kann. Und ich beschäftigte mich schwitzend mit der Frage, für was man das brauchen könnte – nicht einmal für den Zirkus. Da könnte ich nun endlich etwas Außergewöhnliches, und man kann es für nichts brauchen, für nichts, für gar nichts – nutzlos. Den ganzen anderen Tag beschäftigte mich das noch.

Und Jahr für Jahr ein Frühling

Jetzt endlich, die Birken in meinem Garten beginnen zu grünen, noch keine Blätter zwar, aber das Grün kündigt sich an. Ich war bereits ein wenig am Verzweifeln. Ich hatte die Hoffnung darauf schon fast aufgegeben. Immer wieder dasselbe: Meine Erinnerung an Frühlinge täuscht mich Jahr für Jahr. So wie uns die Erinnerung an die Winter unserer Kindheit täuscht – diese Schneewalmen und ein ganzer Winter lang Schnee.

Ja, die Schneeglöckchen, sie kommen zu früh, sie täuschen Frühling vor. Die Hoffnung soll, wie man sagt, zwar zuletzt sterben – aber sie kann auch zu früh kommen, ein verfrühtes Versprechen sein.

Eigenartig, daß ich kein Erinnerungsvermögen habe für Jahreszeiten. Es ist doch so einfach: Frühling, Sommer, Herbst und Winter, und der Frühling ist im März. Und dann ist er fast jedes Jahr nicht im März, er kommt jedes Jahr zu spät. Die Krokusse sind schon verblüht, und der Frühling ist noch nicht da.

Dabei kennen wir das doch schon längst. Ich habe es über siebzigmal erlebt. Diese Gänge durch den Garten, durch den kleinen Garten, drei Schritte nach rechts, drei Schritte nach links, der

Blick zu den kahlen Birken – der Frühling macht mich ungeduldig. Durch den Garten gehen, nur ein paar Schritte, die Hände auf dem Rücken wie die Bauern, die sonntags an ihren Feldern und Äckern entlanggehen, um nach dem Wachsen zu schauen. Und jedes Jahr scheint er dieses Jahr nicht zu kommen.

Dabei sind wir so stolz auf das, was wir alles gesehen haben, erlebt haben, Erfahrungen gemacht haben, mit eigenen Augen gesehen haben, und dann können wir uns nicht einmal an einen Frühling erinnern.

Was uns im Weg steht, ist nichts anderes als unsere Vorurteile. Das Vorurteil, daß der Frühling eben im März ist. Wenn er das nicht ist, dann ist er kein Frühling. Und das, was wir Erfahrung nennen, hat selten mit eigenen Erfahrungen zu tun, sondern nur mit einem Vorwissen, das man dann bestätigt haben will. Türken, Jugoslawen, die Jugend, die Jugend – wir wollen das sehen, was wir wissen, und wir glauben, wir wüßten es, weil wir es gesehen haben.

Jahr für Jahr verdirbt mir mein Vorwissen, mein Vorurteil, die Freude am Frühling. So sind wir eben, und leider nicht nur in Sachen Frühling. Es beginnt vielleicht schon damit, daß ich weiß, daß diese Bäume Birken sind. Ich weiß, wer sie sind – mir kann man nichts vormachen. Und es wäre doch so schön, sich Jahr für Jahr vom Frühling was vormachen zu lassen. Schauen, was ist, und auf nichts warten.

Schauen, einfach schauen, nicht beobachten. Denn wer beobachtet, weiß zum voraus, was er sehen will. Der Polizist, der beobachtet, weiß es, der Soldat, der beobachtet, weiß es. Und es hat seine Gründe, daß sie nicht schauen, sondern beobachten. Denn würden sie schauen, dann würden sie unerwartete Dinge sehen und irrelevante. Ich habe meine Birken beobachtet, das war mein Fehler, und das hat mich ungeduldig gemacht.

Im Bus eine junge Frau mit kleinem Kind im Wagen. Sie ist hochgestylt, perfekter Pagenschnitt, schwarz gefärbt, makelloses Make-up, eine kalte Schönheit. Und so steht sie auch, kalt, abweisend. Ihr Make-up läßt kein Lächeln zu und auch kein Herumschauen. Ihr Kind im Wagen aber strahlt übers ganze Gesicht, freut sich über alles, was es sieht, winkt den Leuten zu und ganz besonders dem farbigen und ungepflegten Freak. Und die Leute winken zurück. Und die Mutter ärgert sich über ihr Kind, das ihre Pose lächerlich macht. Das Kind kennt keine Zeit und keine Wertungen, nur Welt anschauen und sich über sie freuen. Die Mutter aber beobachtet, sie beobachtet sich selbst.

Beobachten heißt: im voraus wissen, was man sehen will. Meinen Freund schaue ich an, meinen Feind beobachte ich. Der Ausländer wird beobachtet, nicht angeschaut. Und wenn unsere Beobachtung erfolglos ist, dann sagen wir: »Er ist nicht so, wie die Deutschen sind«, und ab und zu ärgert uns die erfolglose Beobachtung.

Vorurteile, Vorurteile – dem Frühling jedenfalls können meine Vorurteile nichts antun. Und jetzt, wo Sie das lesen, haben meine Birken wohl schon richtige Blätter und stehen nur noch selbstverständlich und wenig beachtet da. Denn die Hoffnung stirbt nicht nur zuletzt, sie stirbt auch dann, wenn das ersehnte Ereignis eingetreten ist.

Ja, der Frühling findet wirklich im Februar statt, nämlich dann, wenn man auf ihn hofft, und die Schneeglöckchen kommen zur rechten Zeit.

Als mein Vater zum Fußball konvertierte

Nicht nur daß sich meine Eltern nicht für Fußball interessierten, nicht nur daß sie keine Ahnung davon hatten, sondern sie verabscheuten ihn. Er hatte für sie etwas Vulgäres. Um so mehr überraschte es mich als kleiner Bub, daß sie mich ab und zu vom obligaten Sonntagsspaziergang – er gehörte mit zur bürgerlichen Anständigkeit – befreiten und mir gestatteten, das Spiel des FC Olten zu besuchen. Allerdings mußte ich ihnen hoch und heilig versprechen, daß ich nie ein Fußballspieler werden will. Das fiel mir leicht, ich hatte nicht das geringste Talent.

Der Mittelstürmer des FC Olten hieß übrigens Blum, hatte abstehende Ohren und gab später meiner Frau Blum, die den Milchmann kennenlernen wollte, ihren Namen.

Ich selbst war dem Fußball als Zuschauer auch ohne Fernsehen treu geblieben, war aber echt entsetzt, als nun plötzlich meine Eltern fachkundig und engagiert begannen, von Fußball zu sprechen. Sie hatten eben das Fernsehen, und Fernsehen war Fußball – oder umgekehrt. Ich war entsetzt, weil sie sich nun für etwas interessierten, was sie nicht interessiert – ihr Interesse galt dem Fernsehen, und Fernsehen war Fußball. Meine sanfte und stille Mutter, die etwas hatte gegen das Vulgäre, begann sich sogar für das Boxen zu interessieren und begann sich auch da auszukennen.

Es gibt Leute, die rechnen haargenau aus, ob sich ihr Generalabonnement der Bahn lohne. Ich versuchte schon eine ähnliche Rechnung in Bezug auf meinen Fernseher. Eine Stunde Fernsehen kommt mich recht teuer zu stehen, weil ich so selten schaue.

Jetzt aber ist Fernsehzeit, die Fußballweltmeisterschaft. Und ich frage mich, ob ich nun eigentlich Fußball schaue oder nur Fernsehen, und meine Welt ist für Wochen eine viereckige – Fernsehen, Fernsehen.

Wer alle Spiele sehen will, muß zu Hause bleiben. Am Austragungsort sieht man nicht alle Spiele. Wer die Tour de France sehen will, muß zu Hause bleiben, am Austragungsort sieht man sie nur vorbeiflitzen. Ein Skirennen lebt von der kleinen blinkenden Uhr in der unteren rechten Ecke des Fernsehers, und ein Besuch des Austragungsorts gleicht einem Studiobesuch im TV-Studio. »Aha, hier wird das also alles aufgenommen, was wir Woche für Woche sehen!« Und am Austragungsort steht eine Großleinwand, damit man auch hier, wo es geschieht, etwas sieht. Das eigentliche Sehen heißt Fernsehen.

Ich ging vor einiger Zeit Jahr für Jahr am Pfingstmontag mit meinem Freund Racine zum

Cupfinal ins inzwischen ehemalige Wankdorf nach Bern. Zur Tradition gehörte auch, daß wir auf der Rückfahrt Racines fußballbegeisterte Schwiegereltern besuchten. Sie hatten das Spiel am Fernsehen gesehen, und sie hatten offensichtlich ein anderes Spiel gesehen als wir – wir mit unseren eigenen Augen, sie mit den Augen des Fernsehens, mit dem Kommentar des Fernsehens, mit der Analyse des Fernsehens –, und es gab bald sanfte Streitigkeiten. Sie hatten es in Wirklichkeit am Fernsehen gesehen und wir nur mit den eigenen Augen. Das Abbild wird zum Original: Fußball ist Fernsehen.

1954, WM in der Schweiz. Final in Bern, Ungarn gegen Deutschland. Wir schwärmten vom ungarischen Fußball, Puskás und Hidegkuti. Gesehen hatten wir sie in einem Freundschaftsspiel gegen den FC Solothurn – sie spielten nicht Fußball, sie spielten Billard mit den Füßen. Alles andere hatten wir am Radio gehört – Hans Sutter, Schampi Gerwig –, wir hatten es gehört, und wir hatten es uns mit unseren eigenen Augen vorgestellt. Dann der Final. Wir suchten uns eine Beiz mit Fernsehen, wir fanden gute Plätze. Aber Fußball am Fernsehen, sagten wir bald, da sieht man ja nichts, und wir rannten in eine andere Kneipe mit Radio, um es hörend zu sehen, so waren wir es gewohnt.

Aber an den Fernsehfußball, schwarzweiß, gewöhnten wir uns schnell, und der Ball war jetzt nicht mehr lederfarbig, er war jetzt schwarzweiß gewürfelt. Das ist er eigenartigerweise als Symbol immer noch, auch wenn er in Wirklichkeit schon längst nicht mehr so aussieht.

Dann kaufte ich mir einen Farbfernseher, aber für Fußball mußte ich die Farben wegschalten. Fußball konnte ich nur in Schwarzweiß schauen. Inzwischen habe ich mich auch da an die Farben gewöhnt. Das Fernsehen gewöhnt uns an alles – es schaut für uns. Es schaute für meine Mutter damals das Boxen, und meine sanfte Mutter gewöhnte sich daran.

Zwischen Babylon und Pfingsten

Es war einmal ein Lehrer, der hatte seine Schüler in Ruhe gelassen. Das war den Schülern recht, aber trotzdem ließen sie ihn nicht in Ruhe, denn jener Lehrer wäre auch gern in Ruhe gelassen worden. Er sprach etwas nasal, und das gab die Gelegenheit, ihn nachzuahmen, denn nichts läßt sich leichter nachahmen als nasales Sprechen. Das können sogar jene, die selbst nasal sprechen.

Es war einmal ein Schüler, der sprach nasal, und der hatte einen Lehrer, der auch ein wenig nasal sprach, und sie ließen sich in Ruhe.

Das klingt inzwischen wie ein Märchen, aber damals, als dieser Lehrer noch lebte, war es keines. Es war einfach so, und ich hatte das Glück, sein Schüler sein zu dürfen, hätte ich in seinem Fach einen anderen Lehrer gehabt, aus mir wäre nie etwas geworden. Und wäre ich heute sein Schüler und er mein Lehrer, wir würden wohl beide von der Schule weggewiesen, und die zurückbleibenden Schüler hätten einen richtigen Lehrer bekommen und hätten etwas gelernt und wären etwas geworden und wären überzeugt davon gewesen, daß aus ihnen etwas geworden ist, weil sie etwas gelernt haben – nämlich Französisch. Und das ist inzwischen auch so, daß man nur etwas wird, wenn man es gelernt hat.

Selbstverständlich war er schon unter damaligen Verhältnissen ein schlechter Lehrer, aber es war auch eine schlechte Schule, und die hat nicht nur schlechte Lehrer, sondern auch schlechte und rechte Schüler ertragen, also mich.

Herr Doktor Kuhn war mein Französischlehrer mit dem etwas fantasielosen Übernamen »Frencher«, der immerhin darauf hinwies, daß er jener mit dem Französisch war und rückblickend vielleicht auch jener, der sein Französisch so sehr liebte, daß er es nicht hergab – die Perlen nicht vor die Säue warf.

Nein, Französisch kann ich immer noch nicht, und ich gebe zu, es beschämt mich. Und ich kann doch nicht nach Paris gehen, mit meinem Schweizerpaß, und kein Französisch können. Ich habe es immer wieder versucht, es ist hoffnungslos, und einem richtig guten Französischlehrer wäre nichts anderes übrig geblieben, als mich in die Wüste zu schicken, aber dort sprechen sie Haussa und Arabisch.

Jener Dr. Kuhn also freute sich nicht mehr sehr über die Schule, er war schon älter, hatte keine Lust, sich groß vorzubereiten, und hatte dann mühsam seine Stunden hinter sich zu bringen. Also begann er zu erzählen: Was einmal war, und was heute ist, und was er gestern gelesen hatte,

Bücher, meist französische Bücher, und er setzte sich ans Pult und las vor – nein, nicht französisch, deutsch – es machte ihm Spaß, direkt aus dem Französischen ins Deutsche zu übersetzen, und ich hing ihm an den Lippen, ein wunderbarer Lehrer, eine wunderbare Schule, in der erzählt wurde – meine Schule, die Schule des Lesens, und ich holte mir die Bücher in deutscher Übersetzung und las sie mit Begeisterung. Ich mochte ihn, und er mochte mich – er mein schlechtester Lehrer, ich sein schlechtester Schüler – wir hatten es gut.

Und er gab mir meine französischen Aufsätze zurück mit der Bemerkung: »Das beste Französisch schreibt Bichsel, das klingt richtig Französisch, nur habe ich nichts verstanden.« Und er gab mir dafür eine recht genügende Note.

Auf die Prüfung am Ende der Schule habe ich mich allerdings aufwendig vorbereitet. Er signalisierte uns, auf welcher Seite der Balzac-Geschichte wir etwa drankommen werden, und ich lernte die zu erwartenden Seiten auswendig, machte mir einen Fragen- und Antwortenkatalog dazu und ließ mir ihn von einem begabten Mitschüler übersetzen und lernte auch das auswendig, kam mit zwei anderen in die mündliche Prüfung, eine Mitschülerin kam vor mir dran, und »Frencher« sprach mit ihr Französisch, und ich verstand kein Wort – Turmbau zu Babel –, und ich wußte, daß ich durchfallen werde. Dann kam ich an die Reihe –

ein Pfingstwunder – er spricht mit mir, stellt Fragen, und ich verstehe jedes Wort. Ein Glücksgefühl, ich verstehe Französisch, ich verstehe zum ersten Mal Französisch, und ich werde ab jetzt Französisch verstehen. Ich gab holprig meine fast passenden und eher unpassenden Antworten in auswendig gelernter Lautmalerei – bis wir beide im selben Augenblick den Mund offen ließen und erschraken – er hatte mit mir Deutsch gesprochen, weil er wußte, daß ich ihn sonst nicht verstanden hätte – und ich mit ihm Französisch. Das hatte er ebenso wenig bemerkt, wie ich sein Deutsch. Ich kam durch und weiter, zwar ohne Französisch, aber mit viel französischer Literatur in der Stegreifübersetzung von Dr. Kuhn, dem die Zeit lang wurde und der Zeit hatte.

Eine Geschichte aus dem Sommerloch

Sommer, jetzt endlich – aber wie schnell er selbstverständlich wird, die Hitze löscht im Gedächtnis die Kälte vor drei Wochen. Ein Schmetterling, er überrascht mich. Daß es Schmetterlinge gibt im Sommer, das wäre mir nicht eingefallen, wäre er nicht plötzlich aufgetaucht. Ich setze mich, schaue ihm zu, wie wenn ich so etwas schon sehr, sehr lange nicht mehr gesehen hätte. Und er wird mir zur Erinnerung an eine Zeit in meiner Kindheit, als die Wiesen und Gärten noch voller Schmetterlinge waren. Und ich weiß, daß ich mich täusche, denn sie waren auch damals überraschend – etwas häufiger vielleicht schon, aber immer noch überraschend, überraschend wie damals auch der Schnee im Winter, von dem wir immer noch überzeugt sind, daß er damals monatelang meterhoch auf den Straßen lag.

Ich gehe dem Wasser entlang, sehe einen Fischer mit Angelrute, bleibe stehen und schaue ihm von weitem zu und beschließe, jetzt so lange hier zu bleiben, bis er endlich einen Fisch aus dem Wasser zieht. Wie oft schon bin ich dafür stehengeblieben? Und wie lange ist das her, daß ich gesehen habe, wie ein Fisch aus dem Wasser gezogen wurde – jahrelang, wirklich jahrelang. Diesmal werde ich durchhalten, ich will das jetzt endlich wieder mal sehen. Aber nach zwei Stunden gibt der Fischer erfolglos auf, packt seine Sachen zusammen und geht.

Und ich erinnere mich an jenen Fischer in dem Dorf, in dem ich als Kind oft meine Ferien verbringen durfte. Er wohnte – oder eher, er war – er war also unten im Tobel am Bach in einer Hütte, arbeitete ab und zu, und vor allem im Winter, als Waldarbeiter. Aber er war ein Fischer, nur ein Fischer. Und er stand am Bach mit seinen Angelruten und einem Arsenal von Utensilien, und wenn er in der Hütte war, hatte er Gäste, viele Gäste. Angler aus der ganzen Gegend und auch von weit her, die sich hier Ratschläge holten und ihm wie eifrige Schüler zuhörten und dabei einige Biere tranken, zusammengehörten und unter sich waren. Er war der beste Angler, wußte alles darüber, war informiert und band die schönsten Fliegen aus Vogelflaum. Und wenn er guter Laune war, schenkte er uns Buben ein Vorfach, band es uns an einen Stecken und erklärte uns lange, wie wir damit nun fischen sollten. Und wir versuchten es. Ich erinnere mich jedenfalls nicht daran, je einen gefangen zu haben – aber immerhin war ich ein Fischer. Und ich ging gern zu ihm und spielte den Interessierten, stellte ihm eine Frage nach der anderen und wurde zum kleinen Fachmann, und er lobte mich dafür.

Kürzlich traf ich in der Eisenbahn einen alten Mann, der sagte zu mir: »Du bist doch der Peter, ich bin der Jonathan«, und weil er einen so ausgefallenen Namen hatte, erinnerte ich mich gleich: »Der Jonathan vom Fischer«, und er freute sich, daß ich ihn erkannte. Er machte damals für den Fischer Botengänge, räumte ihm die Hütte auf, putzte seine Gerätschaften und nannte ihn Onkel Fischer. Nein, erkannt hätte ich ihn nicht mehr, aber ich habe in meinem Leben nur einen Jonathan getroffen, den Vetter Jonathan vom Fischer. »Und weißt du was«, sagte er, »der Fischer damals, das fiel uns erst viel später auf, hat in seinem ganzen Leben keinen einzigen Fisch gefangen, trotz Angel und Köder und Fliegen. Er war der Beste und hatte das nicht nötig – ein Zufall kann das nicht gewesen sein.« – »Aber es wäre schön«, sagte ich, »wenn es ein Zufall gewesen wäre.«

Aber diese Geschichte ist nicht wahr – sie ist frei und schlecht erfunden, an einem sehr heißen Tag, an dem einem entweder nichts oder eben irgend etwas einfällt. Und sie erinnert mich an den zwölfjährigen Jungen, der ein furchtbar schlechter Fußballer war und wohl auch deshalb ein Schriftsteller sein wollte. Und ein Schriftsteller hat eben vorerst einmal etwas zu schreiben. So machte ich mich also damals daran, einen Roman zu schreiben, kaufte mir ein Schulheft, schrieb auf das Etikett »Roman« und saß stunden- und tagelang vor dem leeren Heft, und es wollte mir nichts einfallen – trotzdem, es mußte jetzt sein, also: Ein alter Mann, der in seiner Hütte unten im Tobel lebt und ein Fischer ist und... Die erste Seite war schnell geschrieben, die zweite etwas langsamer, und auf der dritten war klar, daß daraus wohl nie etwas wird. Es fiel mir nichts ein – so wie mir auch heute nichts eingefallen ist. Wie so oft habe ich das inzwischen schon erlebt.

Aber immerhin, der hoffnungslose Roman des Zwölfjährigen ist endlich zu Ende geschrieben. Entschuldigung, liebe Leserin, aber ich war das dem kleinen Jungen, der ein Schriftsteller sein wollte, schuldig.

Ob das Schwingen
typisch schweizerisch ist?

Es ist relativ selten, daß mir einfällt, daß ich ein Fernsehgerät besitze. Das hat weder mit Abstinenz zu tun noch damit, daß ich Fernsehen nicht mag – ich bin Radiohörer, und mein Radio plätschert vor sich hin. Da höre ich an einem Sonntag zufälligerweise, daß Viktor Röthlin im Marathon der Europameisterschaft nach dreißig Kilometern mit einer Minute Vorsprung führe. Ich weiß, wer Röthlin ist, der Name sagt mir etwas. Ich erinnere mich sogar, wie er aussieht. Ich renne zu meinem Fernseher und schalte ihn ein, und da läuft er wirklich, der Röthlin, und der Kommentator zittert für ihn, und ich beginne, nicht ohne Engagement, mitzuzittern. Selbstverständlich verstehe ich nichts von Marathon, aber der Kommentator macht mich schon bald zum Kenner, und so weiß ich dann schon bald mehr als der Kommentator – ich weiß, daß er siegen wird. Hätte ich am Radio gehört, daß ein Engländer, ein Spanier, ein Italiener geführt hätte, ich hätte meinen Fernseher weiterhin vergessen – aber ein Schweizer, und jetzt bin ich das auch, ich bin auch ein Schweizer, und Röthlin ist mir sympathisch – warum eigentlich, ich kenne ihn gar nicht – ich weiß nur, wer er ist. Er ist der, der siegen wird. Kurz vor dem Ziel versucht er strahlend einem Zuschauer die Schweizerfahne aus der Hand zu nehmen. Es gelingt ihm nicht. Er braucht jetzt eine Schweizerfahne, gebt ihm doch endlich eine. Ich möchte, daß er jetzt mit einer Schweizerfahne durchs Ziel laufen kann. Also jedenfalls, die Spanier hat er geschlagen. Die Schweiz hat eine Goldmedaille – wir und nicht die Spanier, nicht die Engländer – wir, wir Schweizer sind Europameister. Also, wie schon gesagt, ich verstehe nichts davon, es interessiert mich auch nicht – aber es dauert trotzdem einige Zeit, bis mir das wieder einfällt.

Am nächsten Sonntag ist ein großes Fest in Frauenfeld. Da verstehe ich ein bißchen etwas davon, und der Festsieger wird ein großer Sieger sein, und er wird keine Spanier hinter sich gelassen haben, und keine Engländer, keine Italiener geschlagen haben. Er wird auch nicht nach einer Schweizerfahne lechzen, und sollte er ein Berner sein, nicht nach einer Bernerfahne, sollte er ein St. Galler sein, nicht nach einer St. Gallerfahne, er wird von seinen Freunden auf die Schultern gehoben werden, der Schwingerkönig. Und ein Schwingerkönig wird er für sein ganzes Leben bleiben, und die Schwingerfreunde werden ihn und seinen Namen noch in fünfzig Jahren kennen und staunen, wenn sie ihn sehen – kein Schweizermeister, der von einem anderen Schweizermeister abgelöst wird, sondern ein König, der nie ein ehemaliger wird.

Ich gehe gern an Schwingfeste und habe dort einen friedlichen, angenehmen Sonntag unter solidarischen Menschen. Schwingen ist kein Kampfsport, auch wenn das für Fremde so aussieht. Schwingen ist ein Kräftemessen unter Kollegen und Freunden, und im Publikum sitzen all die ehemaligen Schwinger, die immer noch dazugehören, und eben keine ehemaligen sind. Dieses Dazugehören überträgt sich auf alle anderen. Die beste Note übrigens ist eine Zehn. Und wenn ich schwacher Mensch gegen den besten Schwinger antreten müßte, dann würde er mich wohl gleich sanft auf den Rücken legen, und dafür bekäme ich nicht etwa eine Eins, sondern eine 8,25. Hier wird keiner geschlagen, und wer einen Gang verliert, der ist noch lange nicht aus dem Rennen. Wenn auch die Schwinger durchaus ehrgeizig sind und durchtrainierte Athleten und selbstverständlich eine Zehn wollen, bleibt es ein Fest und wird nicht zur Meisterschaft.

Ich höre, daß das Schwingen in den letzten Jahren populärer geworden sei. Eigenartigerweise höre ich das seit vielen Jahren alle drei Jahre wieder. Vor dem Eidgenössischen erinnert sich die Schweiz ans Schwingen, vielleicht weil es dann an Meisterschaften, an Weltmeisterschaften erinnert. Ich fürchte mich ein bißchen davor.

Ein Interviewer stellte mir kürzlich die komische Frage, ob das Schwingen typisch schweizerisch sei, und ich wollte schon antworten: »Selbstverständlich«, aber ich zögerte und sagte: »Schön wär's!« Vielleicht ist aber leider das Schlagen und Demütigen der anderen, ganz Europa und der ganzen Welt überlegen sein – doch halt typischer, nicht nur für die Schweizer, sondern für die Menschen. Und das Schwingen stammt wohl aus einer Zeit, als Heimat noch etwas anderes war als eine Weltmeisterschaft.

Übrigens schaue ich das Eidgenössische zwei Tage lang am Fernsehen an. Hier sehe ich es von ganz nahe, erkenne die Schwünge und sehe neue Schwünge und bin am Lernen.

Disziplin, Anstand und Natur

Der große flämische Schriftsteller Hugo Claus – ich habe eben seine Lebensdaten gesucht und festgestellt, daß es mir entgangen war, daß er vor zwei Jahren starb – lebte lange Zeit in Amsterdam. Eines Tages nun erschien von ihm ein fulminanter Text über diese Stadt, in dem er all ihre Häßlichkeiten beschrieb – wer und in welcher Stadt auch immer hätte nicht schon Lust dazu gehabt – eine große Schimpftirade. Und er gehe jetzt aufs Land, schrieb er. Einige Monate später war er wieder in Amsterdam, und ein Journalist fragte ihn, weshalb er denn zurückgekehrt sei in seine verhaßte Stadt. »Wissen Sie«, sagte Claus, »ich habe festgestellt, daß die Natur eher etwas für Tiere ist.«

Die Geschichte hat mir schon immer sehr gefallen, und ich habe sie schon oft weitererzählt und dabei kaum jemanden gefunden, dem sie auch gefallen hätte. Dabei ist es eine ganz einfache, eine selbstverständliche Geschichte. Sie entspricht nur nicht unseren Selbstverständlichkeiten: Erstens ist die Stadt, in der man lebt, eine wunderschöne, und zweitens ist das auch die Natur. Kaum ein Heiratsinserat, in dem sich die Ehewilligen nicht als naturliebend bezeichnen, und Kandidaten für politische Ämter geben als Hobby das

Wandern an – wer sich in die Natur begibt, ist ein anständiger Mensch, wer aber in die Stadt geht, hat irgend etwas im Sinn. Der Sonntagsspaziergang mit den Eltern hatte mit Disziplinierung zu tun. Und der wunderbare Osterspaziergang (»Vom Eise befreit sind Strom und Bäche…«) in Goethes Faust kann durchaus auch als leicht zynische Parodie empfunden werden. Wenn es um Natur geht, beginnen wir zu schummeln.

1874 schreibt Gustave Flaubert seinem Freund Turgenjew aus Rigi Kaltbad (er verschreibt sich »Karltbad«): »Auch mir ist es heiß, und ich bin Ihnen insofern überlegen oder unterlegen, als ich mich auf gigantische Weise langweile. Ich bin aus Gehorsam hierhergekommen, weil man mir gesagt hat, daß die reine Gebirgsluft mich entröten und meine Nerven beruhigen würde. Amen. Aber bisher verspüre ich nur eine unendliche Öde, die von der Einsamkeit und der Untätigkeit herrührt…«

Nach einer Rückenoperation wurde mir Gehen empfohlen. Ich tu es jetzt jeden Tag, ich gehe. Ich will nichts mit Spazieren zu tun haben, ich will nichts mit Wandern zu tun haben, ich gehe. Und schon kommt dieser verfluchte Stolz darauf, daß ich gehe – der Blick auf die Uhr: Wie lange, wie schnell? Ich bräuchte jetzt eine große Stadt, das Gehen würde mir, abgelenkt durch das Wogen der Stadt, leichter fallen. Aber ich gehe an den

Gärten der Einfamilienhäuser vorbei, diese Gärten, die Natur nachahmen wollen, mich aber eigenartigerweise viel mehr an Coiffeursalons erinnern – vielleicht ist der Bürstenschnitt des Rasens schuld daran – disziplinierte Natur. Und Gehen ist ein Teil der Rückendisziplin, so heißt das, und Disziplinierungen fallen nirgends so auf wie in der Natur, deshalb wohl finden sie auch dort so gern statt: Sonntagsspaziergang, Turnunterricht und Militärdienst und schon – ich habe die Gärten hinter mir gelassen – die fünfte Stockläuferin, die mir wohl ansieht, daß ich nicht eigentlich berechtigt bin, ihr Feld der disziplinierten Anständigkeit zu benützen – und sie tut mir entsprechend stumm ihre Verachtung kund – ich bin am Rauchen.

»Außerdem«, schreibt Flaubert in seinem Brief, »bin ich kein Mensch für die Natur: ihre Wunder bewegen mich weniger als die der Kunst. Sie erdrückt mich, ohne mir einen einzigen großen Gedanken einzugeben. Ich habe Lust, ihr zu sagen: Es ist schön; vorher bin ich aus dir herausgetreten; in ein paar Minuten werde ich in dich zurückkehren; laß mich in Ruhe, ich verlange nach anderen Zerstreuungen.«

Ein frecher Kerl, dieser Flaubert, herzerfrischend frech in einer Welt, in der es so selbstverständlich ist, daß man naturliebend ist – so selbstverständlich, daß alles andere unanständig wäre.

So weit, so gut, aber warum müssen es alle – zum Beispiel in Heiratsinseraten – immer wieder erwähnen, wenn doch alle so sind.

Soll ich jetzt noch erzählen, daß ich mich auf dem freien Feld umgedreht habe, die Skyline des Juras mit Entzücken betrachtet habe, den Wolken nachgeschaut habe und daß es mir dabei wohl war?

Nein, das erwähne ich jetzt nicht. Ich kann das jetzt und hier dem Hugo Claus und dem Gustave Flaubert nicht antun. Ich bin ihnen so dankbar für ihren ungerechten Trotz. Er hat auch mich überrascht, und er hat damit nachträglich den damals kleinen Jungen getröstet, der mit Sonntagsspaziergängen in die Wunder der Natur diszipliniert werden sollte.

Eins, zwei, drei – Abfluß frei

Die Bundesratswahlen sind vorbei. Wir hielten sie im voraus für spannend. Weshalb eigentlich? Wohl einfach weil, wenn nicht Spannung zu erwarten gewesen wäre, nicht viel zu erwarten gewesen wäre. Und irgend etwas mußte ja im Vorfeld darüber geschrieben, gesagt und behauptet werden. Jetzt sind sie vorbei, und jetzt ist es so.

Ein Gespräch mit zwei netten Leuten in einer Terrassenwirtschaft. Und die Bundesratswahlen? Irgendwie ist es bereits ein Lang-lang-ist's-her. Und was wird jetzt? Atomkraftwerke wohl! Die beiden sind für den Bau. Es ist jetzt nicht Zeit zu streiten. Wir plaudern nur ein bißchen miteinander – eben war noch von Fußball die Rede – Mainz und Bayern München.

Ich freue mich darüber, daß es mir gelingt, meine Streitsucht zu unterdrücken. Ich kenne die beiden nicht – sehrwahrscheinlich reden wir das erste Mal miteinander –, aber sie wissen wohl schon, daß ich anderer Meinung bin. Ich wehre mich für einmal nicht gegen Atomkraftwerke, nicht gegen die Bedürfnisse der Wirtschaft, gegen den Lauf der Zeit. Und ich erwähne nur, daß wir wohl etwas fahrlässig umgehen mit unserer Vorstellung von Zukunft, daß wohl bald eine

Menschheit vor allem mit dem Abfall, mit den Ruinen, die wir gebaut haben, beschäftigt sein wird. Und sie hören mir zu, so wie ich ihnen zugehört habe. Wir teilen für einmal unsere Zweifel gegenseitig. Für einmal nicht lösungsorientiert.

Ein kurzes Gespräch – irgendwie hat es mir gutgetan.

Auch die Zukunft ist nicht mehr das, was sie einmal war, hat Paul Valéry vor bald hundert Jahren einmal gesagt, und seine Formulierung war damals ein Paradox. Inzwischen ist sein Satz nicht mehr überraschend. Und vielleicht gibt es in unseren Köpfen die Zukunft gar nicht mehr. Und wir bauen gar nicht mehr für eine Zukunft und an einer Zukunft, sondern nur noch an unserer Gegenwart, die Bauten selbst sind das Ziel – sie haben unsere Wirtschaft in Gang zu halten. Und auch die militärische Landesverteidigung hat mit Zukunft wenig zu tun und mit wirtschaftlicher Gegenwart viel. Zugegeben, die Wirtschaft ist notwendig und ehrenwert, und für die Zukunft sind wir wohl ohnehin schon längst zu spät. Vielleicht haben wir sie zu einer Zeit verloren, als sie uns noch kein Problem war – zur Zeit Valérys vielleicht.

Mir fallen die koreanischen Studenten ein, die mich erstaunt anschauen, als ich in einer Diskussion sagte: »Die Zukunft liegt vor uns.« – »Nein«, sagten sie nach langem Nachfragen, »die Zukunft liegt hinter uns.« Und als ich das nicht begreifen wollte, erklärten sie mir, daß sie die Vergangenheit sehen, sie liege also vor ihnen; die Zukunft aber sähen sie nicht, also liege sie hinter ihnen. Ich staunte.

Offensichtlich schauen sie die Welt stehend an, wir aber gehend. Inzwischen, fürchte ich, gehen auch sie; Südkorea ist wirtschaftlich erfolgreich geworden, erfolgreich wie unsere Großbanken, von denen man erwartet – so habe ich es von Fachleuten gehört –, daß sie die Krise immer wieder schaffen können. Krise, das ist immer Gegenwart, und die Gegenwart schaffen sie immer.

Ich sitze inzwischen schon länger allein in der Ecke einer Kneipe, und es denkt in meinem Kopf. »Ja, ja, Herr Bichsel, und was schlagen Sie vor?« Ich schlage nichts vor. Es geht hier nicht darum, irgend etwas vorzuschlagen. Es gibt zu viele, die die Rettung der Welt in einem einzigen Anliegen sehen. Ich schlage nichts vor, ich stelle nur fest.

Auf dem Tisch liegt ein farbiges Heftchen, der Katalog eines Versandhauses mit jenem Inhalt, der so aussieht, als wäre er die zusammengewischten Überreste einer Erfindermesse. Wie habe ich diese Kataloge geliebt als Kind, ein Heftchen mit Lösungen für alle Probleme dieser Welt – »Eins, zwei drei – Abfluß frei«, »In zehn Minuten wie neu«, »Fett hat keine Chance mehr«, »Nie mehr schmutzige Scheiben«, »Nie mehr bücken bei der Fußpflege«.

Ein Katalog voller Heilsversprechungen. Alles wird jetzt gut, und zwar automatisch, ohne Arbeit, und die Batterien werden mitgeliefert. Und wie billig das alles ist! Ich habe meine Mutter nie verstanden, weil sie sich das alles nicht kommen ließ, und versuchte sie dauernd dazu zu überreden. Ich hätte diese Heinzelmännchen gern rumsausen sehen und alles in Ordnung bringen.

Und jetzt erinnert es mich an politische Versprechen – eins, zwei, drei, Abfluß frei. Wir haben die Lösung.

Das Heftchen habe ich mitgenommen. Es liegt jetzt bei mir auf der Toilette, und ich blättere täglich drin rum im Katalog der Lösungen für alles – für die Ordnung der Welt.

Für Jörg Steiner zum Achtzigsten

Etwas suchen, das es nicht gibt, einen Ort erfinden – »Seridan« –, sich einbilden, er liege in der Nähe von Toulon, dann in Toulon nach dem Ort fragen, einen Polizisten, einen Briefträger, den freundlichen Mann im Tabakgeschäft – niemand kennt Seridan.

Am anderen Tag dasselbe in Sanary, auf der Post, Syndicat d'Initiatives, Katasteramt, und bereits sagt einer: »Attendez monsieur, Seridan – Seridan, ça me dit quelque chose.« Und er holt dicke Bücher und blättert verzweifelt darin rum: »Seridan muß es geben.«

Etwa so und etwas ausführlicher steht es in meinem Buch »Die Jahreszeiten«, das 1967 erschienen ist – eine lustige Idee, einen Ort zu erfinden, den es nicht gibt, und dann die Leute damit belästigen, bis sie sicher sind, daß es ihn gibt: »Seridan muß es geben.«

Aber die Geschichte hat – wie alle Geschichten und selbst die Lügen – einen realen Hintergrund. Ich war mit Therese in Südfrankreich unterwegs, und in Sanary beschlossen wir, Jörg und Silvia Steiner zu besuchen, die eben hier in der Gegend in den Ferien waren, und nach langem Nachdenken fiel mir der entsprechende Ort endlich wieder ein – Seridan, und unsere Herumfragerei begann. Es tut gut, drei Tage lang einen lieben Freund zu suchen, von dem man weiß, daß es ihn gibt und daß es ihm gut geht, sich drei Tage nur damit zu beschäftigen, daß man ihn treffen wird und daß er freudig überrascht sein wird. Jörg Steiner war und ist mir wichtig – aber wie nötig ich ihn habe, das wurde mir wohl erst auf dieser Suche bewußt. Der Ort, wo er war, hieß übrigens »Six Fours« – wie kam ich auf Seridan?

Nun war ich kürzlich dabei, als Hans Ruprecht dem Jörg Steiner ein Buch zum 80. Geburtstag schenkte: »Jean Henri Fabre – Erinnerungen eines Insektenforschers« – und ich staunte, denn damals auf der Rückfahrt von Sanary besuchten wir einen anderen lieben Freund und Schriftsteller, der schon 1915 gestorben war, in der Nähe von Orange – in Sérignan. Man hat ab und zu den Wunsch, gute Freunde zusammenzuführen: Seridan und Sérignian.

Jener Jean Henri Fabre war nicht nur ein bedeutender Insektenforscher, sondern auch ein wunderbarer Autor, den ich durch Kurt Guggenheim kennenlernte in seinem Buch »Sandkorn für Sandkorn« – eine Liebeserklärung an Jean Henri Fabre, und Guggenheims Liebe wurde auch meine.

Den Ort fanden wir diesmal auf der Landkarte, fast ein bißchen enttäuscht – inzwischen durch den Traum Seridan verwöhnt –, daß es ihn gibt. Wir zögerten auch lange, bevor wir an der Tür des Hauses von Fabre klingelten – seinem Harmas, wie er sein Haus und Garten nannte, und die nun ein Museum waren. Wir hörten das Schlurfen von Pantoffeln, und ein alter Mann, der Museumswärter wohl, öffnete die Tür und bat uns rein, machte mit der Hand eine Geste, die etwa meinte: »Ja, das ist es« und ließ uns frei durch das Haus gehen und schlurfte nur hinter uns her, um dringende Fragen wortkarg und präzise zu beantworten. Wir gehen durch den Garten, in dem Fabre mit seinem kleinen Sohn – er hatte mit sechzig noch mal geheiratet – auf dem Bauch lag und stundenlang einem Insekt zugeschaut hatte, »Petit-Paul«, schreibt er, »hat geschmeidige Kniekehlen, eine flinke Hand, einen scharfen Blick. Er untersucht die Büsche der Immortellen, in denen der Truxal mit seinem zuckerhutähnlichen Kopf meditiert…«, und der Museumswächter führt uns zu dem kleinen Pültchen, auf dem Fabre seine zehn Bände der Souvenirs geschrieben hat. Unter Glas liegen zwei Seiten seines Manuskripts – eine wunderschöne Handschrift – das absolute Original. »Es gibt im ganzen Manuskript keine einzige Korrektur, alles ein für alle mal geschrieben«, sagt der Wächter, und wir stellen ihm dieselbe Frage, die ihm schon Kurt Guggenheim vor 15 Jahren gestellt hatte: »Sind Sie Petit-Paul?« Und er lächelt und nickt, und ein Hauch von Geschichte und Geschichten schwebt durch das Haus, und wir werden still, wie es wohl auch Jean Henri Fabre war, ein großer Wissenschaftler, der Vater der Verhaltensforschung, ein großer Autor, der mehrmals für den Literaturnobelpreis vorgeschlagen war und hier seine Einsamkeit genoß. Und wie ich das schreibe, fällt mir ein anderer Museumswächter ein, jener in Jörg Steiners »Wer tanzt schon zu Musik von Schostakowitsch«, jener etwas lauter zwar, aber die beiden vermischen sich für mich – Seridan und Sérignan – und Steiners Titel »Ein Kirschbaum am pazifischen Ozean« könnte durchaus eine Kapitelüberschrift von Fabre sein, wenn er den Ozean nach Sérignan hätte holen können, wie ihn Steiner nach Seridan holte. Die Welt ist klein.

Sonntag, 28. November 2010

Am Sonntag, 28. November, am Fernsehen Federer gesehen und mitgezittert und mich gefreut über seinen Sieg – wohl eben, weil ich Schweizer bin und weil er es auch ist; und hätten zwei andere gespielt, es wäre wohl nicht dringend gewesen, es anzuschauen. Immerhin, sein Sieg hat mich gerührt.

Am 28. November wäre noch anderes zu sehen gewesen, ein Doppelsieg der Schweizer im Skizirkus – doch Federer blieb Sieger. Und dann sagen die Leute: »Ich mag ihm diesen Sieg gönnen«, was denn sonst. Hätte der andere gewonnen, hätten sie nicht von »gönnen« gesprochen – vielleicht im besten Fall von »verdient«. Und im übrigen, wem denn gönnen sie den Sieg, dem Federer oder sich selbst, sich selbst als Schweizer – wir sind Weltmeister.

Und am Sonntag, 28. November, haben diese Weltmeister einer Partei zum Sieg verholfen, ob sie ihr nun diesen Sieg gönnen, oder ob sie, die Wähler, glauben, sie selbst hätten diesen Sieg verdient? Vielleicht wollten sie ja nur über etwas abstimmen und waren sich nicht bewußt, daß es um eine Wahl ging, um die Wahl einer anderen Schweiz als diese, in der wir uns bis jetzt einigermaßen wohl fühlten. Aber vielleicht wußten sie auch das.

Federer, Grünenfelder und Janka waren mir jedenfalls kein Trost, nur ein bißchen Ablenkung, und wichtig sind diese Siege nur im Augenblick. Es fehlt ihnen – um eine politische Floskel zu benützen – die Nachhaltigkeit. Politische Sieger aber sind nachhaltig – ob uns das bewußt ist?

Sie ist, heute am Montag, immer noch genau die gleiche Schweiz wie jene vom Samstag. Und ich erinnere mich an den Montag nach der Abstimmung über die Rauchverbote im Kanton Solothurn. Da saßen wir Raucher am Stammtisch, ärgerten uns ein wenig über das Resultat und genossen zum voraus die zweijährige Einführungszeit in der Überzeugung, daß nichts so heiß gegessen wird, wie es gekocht wurde. Man kann über alles abstimmen, und dann geht es schon irgendwie weiter – das war schon immer so.

Es ist immer wieder wichtig, daß Nachhaltigkeit gefordert wird, aber es wäre ab und zu auch wichtig, daß man sich der Nachhaltigkeit und der unerwünschten Nebenwirkungen auch bewußt wäre. Aber, wer würde entsprechende Prognosen glauben? Und soll ich ihnen nun deshalb den Sieg gönnen? Nein, er ist verdient – ich fürchte, dieses Land hat diesen Sieg verdient. Vorläufig nimmt nur das Ausland wahr, daß diese Schweiz nun eine andere geworden ist – wir selbst werden das wohl leider noch lange nicht wahrnehmen können.

Der Montag begann im übrigen mit Computerproblemen. Ich bin vorerst nicht ins Internet gekommen. Also Computer neu aufstarten, noch einmal versuchen, noch dies und das versuchen, noch einmal neu starten – er ist langsam, furchtbar langsam – also inzwischen ein schwieriges Sudoku lösen –, nochmals aufstarten – mit einem Spielchen auf dem Handy künstliche Geduld (Ungeduld) herstellen. Dabei hatte ich mit dem Internet gar nichts im Sinn. Es ging nur darum, es in Ordnung zu bringen – aufstarten, es funktioniert und eine zusätzliche verlorene Stunde im Internet herumlungern und sich langweilen. Und eine kurze Erinnerung an den Sonntag, 28. November, und leise Zweifel, ob mein Ärger gestern – lang, lang ists her – so dringend war, das wird ja alles noch dauern. Was wird dauern? Die Rauchverbote! Man kann über alles abstimmen, über alles, was man will – und der Montag ist immer derselbe. So ist das in der Schweiz – so war es jedenfalls bis jetzt.

Und dieses Warten vor dem Computer, der langsam, ganz langsam wieder aufstartet. Ich mag das Warten, ich gehe sehr früh zum Bahnhof, wenn ich verreise. Ich warte gern auf Bahnhöfen und bin selten so sehr mit mir selbst wie beim Warten auf meinen Zug – ich mag die Langeweile, sie ist nicht ein Nichts, sie ist erfüllt. Aber das Warten vor dem PC ist eine Öde, ein Nichts.

Ich steige in den Zug, vor mir im Abteil eine Familie mit einem kleinen Mädchen. Es freut sich auf die Fahrt, schaut zum Fenster raus: »Schau mal dort, die Taube«, es stellt begeisterte Fragen, aber die Mutter packt ein Spiel aus und zwingt die Kleine zum Spielen. Das erinnert mich an meinen Computer, und an mein blödes Sudoku und mein Handy – jetzt nur keine Langeweile aufkommen lassen. Das Kind auf Trab halten, das Volk auf Trab halten – Gemütlichkeit ade, da hilft auch kein Jodeln mehr. Die Schweiz AG hält sich für erfolgreich, wir werden alle Weltmeister, und sozialdemokratische Bundesräte werden Verwaltungsräte.

Kein Platz für Holdener

Die Tische im Restaurant sind aufgedeckt – Altjahrswoche zwischen Weihnachten und Neujahr –, sie sind die ganze Woche aufgedeckt in Erwartung von Gästen für das große Festmenue. Die Küche ist nachmittags zwar geschlossen, trotzdem: Tischtücher, steifgestärkte Servietten, kunstvoll gefaltet, und Gläser, strahlende Gläser – auch jetzt nachmittags, das Restaurant ist geöffnet, die Küche aber geschlossen und trotzdem kein Platz für Leute, die nur mal kurz etwas trinken wollen, kein Platz für Holdener, der hier einmal saß vor vielen Jahren, tagtäglich hier saß, stundenlang vor dem selben Kaffee, dem selben Bier, nicht um zu trinken, nur um hier zu sein. Das Restaurant war damals eine Kneipe, eine voll besetzte Kneipe, ab und zu etwas laut, Holdener aber war leise, er redete nicht gern, und wenn man ihn ins Gespräch ziehen wollte, dann täuschte er Schwerhörigkeit vor, legte die Hand ans Ohr und sagte: »He?« Man trieb seine Späße mit ihm, neckte ihn, und er ließ es geschehen. Nur einmal – die Wirtin hatte ihm ein zweites Bier gespendet, und ein Gast ein drittes – wehrte er sich mit dem Satz, er habe einen Ausweis im Sack, und als er nach unserem langem Drängen endlich den Ausweis umständlich aus seinem Portemonnaie klaubte und uns zeigte, war es ein Mitgliederausweis eines Radfahrervereins irgendwo im Thurgau für das Jahr 1938. »Den kannst du wegschmeißen«, sagte einer, und Holdener sagte entsetzt: »Das darf man nicht, es ist ein Dokument.«

Holdener wohnte in einem kleinen Dachzimmerchen über der Wirtschaft, wurde von der Wirtin liebevoll betreut, gehörte trotzdem nicht zur Familie, sondern eher zum Haus, etwa so wie eine Treppenstufe, wie ein Gegenstand, den man ja mitunter auch liebevoll pflegt.

Und als das Haus brannte, einmal im Winter, und Holdener weinend davorstand, und schlotternd auch, brachte ihn die Feuerwehr ins Spital, damit er ein warmes Bett hätte – dort starb er ohne jeden sichtbaren Grund am anderen Tag. Er hatte als Einziger beim Brand alles verloren, nämlich das Haus, in dem er so etwas wie eine Treppenstufe war.

Das ist schon viele, viele Jahre her, aber wenn ich an dieser Kneipe vorbeigehe, die jetzt wie alle Kneipen ein Restaurant ist, und die steifen Servietten und die glitzernden Gläser sehe, dann denke ich an Holdener, der hier keinen Platz mehr hätte. Mit Holdener hatte ich zwar nichts, gar nichts zu tun, und er mit mir noch viel weniger. Er mochte mich ganz und gar nicht, weil ich jener war, der ihn ab und zu ins Gespräch ziehen wollte. Aber in jenes Restaurant möchte ich nicht gehen, ich möchte nicht mit glitzernden Gläsern an Holdener erinnert werden – wenn er nicht hinein dürfte, dann möchte ich nicht hinein – jetzt, in der Altjahrswoche schon gar nicht. Er wußte damals wohl, weshalb es ihn jetzt nicht mehr braucht und seinen Mitgliederausweis von 1938 auch nicht mehr.

An einem Verteilerkasten des Elektrizitätswerkes an der Busstation steht seit Jahren schon mit roter Farbe klein und ungelenk geschrieben: »Türkie is das beten lad.« Auch das erinnert mich an Holdener, auch das ein Dokument, ein Dokument der Not. Und wäre es fehlerfrei geschrieben, es wäre mir nicht aufgefallen. Der kleine Türke, der wohl noch nicht alle Buchstaben kannte, mußte es schreiben. Es mußte sein – ganz klein am unteren Rand – es steht geschrieben. Und wäre es richtig geschrieben – »Die Türkei ist das beste Land« –, dann wäre es nur eine Behauptung und keine dringende Geschichte.

Ich erlebe es noch und noch und freue mich auch darüber und empfinde es als ausgesprochen rücksichtsvoll und gastfreundlich: Ich bin irgendwo eingeladen, und ich weiß, daß die Gastgeber nicht nur Nichtraucher, sondern auch überzeugte Nichtraucher sind. Also rauche ich vor dem Haus, bevor ich läute, noch eine Zigarette auf Reserve. Und gleich nach der Ankunft kommt der Gastgeber strahlend mit einem Aschenbecher und sagt: »Wir rauchen zwar nicht, aber bei uns darf man rauchen.« Ich finde das rührend und bin auch froh darüber, und sie wissen wohl von meinem Elend mit den fehlenden Aschenbechern in den zwei, drei Kneipen, die es noch gibt. Aber ich rauche hier ungern und noch weniger als möglich, denn ihr liebevoller Aschenbecher ist kein Ersatz für den fehlenden in der Kneipe. Es gibt keine Ersatzheimaten, keine Ersatzgewohnheiten. Denn Heimat ist Gewohntheit, ist wohnen, ist eine Treppenstufe des Hauses sein.

Das Gegenteil vom Matterhorn

Wir sind alte Freunde, und wir sehen uns ab und zu und freuen uns, wenn wir uns sehen. Orell ist sehr klein, und das war er schon immer, wie gesagt, wir sind alte Freunde, er war also sozusagen schon immer da. Das ist eigenartig, ich habe das Gefühl, daß ich ihn schon mein halbes Leben lang kenne – und er ist erst vierjährig.

Wenn ihn Leute ansprechen, für die er jetzt keine Zeit hat oder deren Fragen ihn nicht interessieren, streckt er sein Händchen hoch, legt den Daumen nach innen in die Handfläche: vier Finger, vier Jahre. Er ist es gewohnt, nach seinem Alter gefragt zu werden, und hakt die Frage mit einer Handbewegung und einem freundlichen Lächeln ab.

Nun steht er vor mir, schaut mich lange an und fragt mich: »Bist du ein alter Mann?« Ich sage: »Ja.« Und mein Ja erschreckt mich, und nur aus Verlegenheit füge ich an: »Und du bist ein junger Mann.« – »Nein«, sagt er, »ich bin ein junger Bub.« Die Sache ist damit erledigt.

Seine Frage ist ernst. Sie könnte auch etwa so gestellt sein: Gehe ich richtig in der Annahme, daß Sie eventuell ein alter Mann sind, daß das, was du bist, eben das ist, was man einen alten

Mann nennt. Jedenfalls ist es nicht dasselbe, wenn ich sage, was ich wohl auch schon gesagt habe: »Ich bin alt.« Dasselbe als Frage ist nicht dasselbe – und dazu das freundliche Strahlen von Orell, der auf die Welt gekommen ist, um sie zu entdecken: Was ist das? Und warum ist das? Interessiert an dieser Welt, begeistert von ihr – begeistert auch von mir, interessiert an mir – wir erkennen uns, wenn wir uns sehen. Er erkennt mich und will wissen, ob das, was er jetzt erkennt, etwa das ist, was man als alten Mann bezeichnet. Ja, unsere Freundschaft dauert schon fast eine kleine Ewigkeit, und wir sind die ganze Ewigkeit gleich geblieben, er jung und ich alt – wir haben eine Ewigkeit im Jetzt gelebt.

Ist unter diesen Bedingungen alt das Gegenteil von jung? Es gibt diese unsäglichen Vorstellungen von Gegenteilen und die Schulaufgaben: »Nenne das Gegenteil von…« Schwarz ist dann das Gegenteil von Weiß, Gut von Schlecht, Groß von Klein.

Und ich erinnere mich an die vierjährige Flavia, sie ist schon längst eine erwachsene Frau, die uns damals einen ganzen Sonntag lang erzählte, daß sie von einem ganz, ganz kleinen Zauberer geträumt habe. Und auf unsere Fragen, was sie denn von diesem Zauberer geträumt habe, entsetzt erklärte: »Nein, nicht etwas – nur ein ganz, ganz kleiner Zauberer«, und sie preßte Daumen und

Finger zusammen und sagte: »Noch kleiner als so – viel kleiner als klein.« Sie hatte im Traum etwas gesehen, was man nicht sieht, und sie verzweifelte einen ganzen Sonntag lang, daß die Erwachsenen unfähig waren, ihre Begeisterung darüber zu teilen. »Etwa so klein?« fragten sie. »Nein, viel, viel kleiner – kleiner als klein«, sagte sie.

Der kleinste Bahntunnel der Schweiz übrigens liegt irgendwo auf der Strecke zwischen Biel und Basel. Ich hatte mal die Gelegenheit, auf dieser Strecke neben dem Lokomotivführer zu sitzen. Er erklärte mir alles, jeden einzelnen Tunnel auch, und daß bei der Einfahrt immer die Länge des Tunnels angeschrieben sei, und daß jetzt dann der kleinste Tunnel der Schweiz komme, und daß ich ja nicht das Schild mit der Längenangabe verpassen dürfe. Und er war von der Kleinheit des Tunnels so begeistert, daß für mich die kurze Durchfahrt – etwa ein Meter – fast zum Ritual wurde. Ist nun der neue längste Tunnel sein Gegenteil? Oder bin ich, weil ich einmal jung war und jetzt alt, zu meinem Gegenteil geworden?

Die Frage ist berechtigt. Wenn ich die Alten in der Kneipe auf die Jungen schimpfen höre – dann habe ich oft den Eindruck, sie schimpfen auf nichts anderes als auf ihr Gegenteil. Und das Gegenteil von Schweizer wäre dann Ausländer.

Nein, der größte und der kleinste Tunnel der Schweiz, sind nicht ein Gegenteil, sie sind im gleichen, sie sind Eisenbahn. Warum muß das andere immer ein Gegenteil sein? Groß – klein, alt – jung, Mann – Frau. Und was eigentlich ist das Gegenteil vom Matterhorn?

Nein, Orells Frage, bist du ein alter Mann, war nicht die Frage nach dem Gegenteil, meine hilflose Antwort allerdings – und du bist ein junger Mann –, das war nichts anderes als das Gegenteil. Wir sogenannten Erwachsenen retten uns immer wieder in Gegenteile – das Andere ist das Gegenteil.

Wir aber, mein Freund Orell und ich, leben im gleichen Jetzt.

Die Geschichte vom »Ich weiß es nicht«

Man sitzt in einer Runde, irgendwo und zufällig, und plötzlich fehlt einer. Es geht in der Runde um das, um was es in Runden immer wieder geht, um das »Weißt du noch?« Und dann: »Hast du je noch etwas von Haberthür gehört?« Und alle erinnern sich an Haberthür und waren irgendwie mit ihm befreundet – ich auch, Haberthür war mein Freund – mein Freund, ohne daß ich viel mit ihm zu tun gehabt hätte. Und dann beginnt das Erzählen, Saufereien und Gewalttätigkeiten und üble Streiche – aber alle wollten mit ihm befreundet gewesen sein. Ich kenne seine großen und lauten Auftritte nur vom Hörensagen, aber mein Stolz auf seine Freundschaft hatte halt vielleicht doch auch mit seinen gewaltigen Auftritten zu tun. Gegen mich hatte er nichts, aber ich versuchte trotzdem, ihm nicht zu mißfallen, und er war eine Figur, und er wird vermißt. Und sein Name, den er sich selbst zugelegt hatte, wie einige andere Namen auch, war nicht sein Name. Zwar klagen hier alle über die Abnahme ihres Namengedächtnisses, aber Haberthürs viele Namen können alle noch aufzählen – eine Legende also, und die Namen der Legenden unterliegen nicht dem leichten Gedächtnisverlust.

Wäre Haberthür Politiker geworden, man hätte von Charisma gesprochen – er hatte bei allem Lauten und Groben auch Charme – jenen weichen Kern, der fast allen Grobianen zugesprochen wird.

Im übrigen, es ist auch etwas geworden aus ihm, ein erfolgreicher Berufsmann, der ein gutes Einkommen hatte und sich was leisten konnte. Er blieb ledig und ein Einzelgänger, und er machte große Reisen, China, Indien, Australien, Südamerika – und wenn er erzählte von seinen Reisen, dann fluchte er über China, Indien, Australien und Südamerika – er konnte nur fluchend erzählen. Er war ein Leben lang damit beschäftigt, seinen weichen Kern einzupanzern.

Als ich ihn kennenlernte, war er noch ein Jugendlicher in einem Kinderheim, und ich, nicht viel älter als er, hatte für kurze Zeit dort eine Stellvertretung. Irgendwie mochten wir uns, Fritz Haberthür und ich, und er galt als schwierig – dabei war er nur trotzig, und das mit Recht, er war, so schien mir, ohne Gründe ins Heim gekommen. Die Gründe lagen eher bei denen, die ihn schickten, als bei ihm – aber schwierig war er schon.

Bei den ersten Malen erschrak ich noch, als die Kinder aufgeregt kamen und schon von weitem schrien: »Der Fritz ist weg!« Ich setzte mich auf mein Fahrrad, fuhr in irgendeine Richtung, nie in dieselbe und zu meiner Überraschung immer in die richtige, und ich fand ihn. Darauf war ich nach und nach stolz, und das »Der Fritz ist weg« wurde mir zur Gewohnheit, ich gewöhnte mich an sein Flüchten. Ich fand ihn, und wir fanden uns dabei.

An eine Begegnung mit dem flüchtenden Fritz erinnere ich mich ganz besonders. Für einmal fand ich ihn nicht und fuhr langsam zurück. Bei einem Kornfeld machte ich eine Pause und setzte mich an den Straßenrand. Und jetzt eine Stimme: »Ja, ja – da bin ich.« Er saß im Kornfeld und hatte sich dort mit seinem Rucksäcklein und seinen Sachen schon recht gemütlich eingerichtet, und ich war nun sein Gast und saß neben ihm, und wir sprachen kaum etwas und gehörten irgendwie zusammen. »Warum bist du wieder abgehauen?« – »Ich weiß es nicht.« – »Wohin wolltest du?« – »Ich weiß es nicht.« Und Schweigen und Zusammensitzen. Und als ich dann nach langer Zeit sagte: »Gehen wir«, sagte er: »Warum muß ich jetzt wieder mitkommen?« – »Ich weiß es nicht.« – »Ich mußte einfach weg«, sagte er. »Du mußt jetzt einfach zurück«, sagte ich. Zwei Hilflose ohne Argumente. Zwei, die wußten, daß man es nicht wissen kann.

Zurück bleibt mein kindlicher Stolz, daß ich ihn immer gefunden habe. Wir sind wirkliche Freunde geworden. Wir freuen uns, wenn wir uns zufällig treffen – und wir haben noch nie darüber geredet. Vielleicht haben wir uns auch gegenseitig vergessen.

Kürzlich aber hat wieder einmal einer in der Runde gesagt: »Was ist denn aus dem Haberthür geworden?« Und sie erzählten Geschichten: Der laute, der lustige, der freche, der starke Haberthür – und auch der beruflich erfolgreiche. Ich konnte meine Geschichte nicht erzählen, die Geschichte, daß wir nebeneinander geschwiegen haben, die Geschichte vom »Ich weiß es nicht«, die Geschichte vom stillen Haberthür, der Sorge trug zu seinem weichen Kern und ihn einpanzern mußte, weil er fürchtete, die Welt könnte ihm in die Quere kommen – die Geschichte von meinem Freund.

Eines Morgens,
als die Sonne durch die Dachluke schien

Am Fernsehen einen Film angeschaut, zufällig reingerutscht – ich sitze sonst selten vor dem Fernseher, ich halte es irgendwie nicht aus – ein Dokumentarfilm über Seeräuberei im 18. Jahrhundert, und dann hängen geblieben, Tagesschau, Erdbeben, dann Känguruhs in Australien, Tsunami. Und alles wurde zu einem Eintopf. War da nicht noch etwas mit Eisbären oder Eisbergen?

Ich bin das Fernsehen nicht mehr gewohnt, und ich komme mir von ihm verführt vor. Alles geht nahtlos und pausenlos ineinander über – kein Film hat ein Ende und keiner einen Anfang, es plätschert und plätschert.

Ja, ja – man kann den Fernseher abstellen, man kann das Programm wechseln. Aber daran versucht mich der Sender erfolgreich zu hindern. Er hält mich durch Nahtlosigkeit auf Trab. Selbst die Ansagerinnen wurden abgeschafft, sie waren zu langsam und störten die Nahtlosigkeit. Der Sender ist an mir nur als Konsument der Werbung interessiert, als einen Teil der Einschaltquote.

Ich erinnere mich noch gut, wie mir mein Vater erklärte, daß die Zeitungen Inserate brauchen, um die Zeitung zu finanzieren. Das war damals wohl noch so. Es gab die Meinungspresse, die eine politische Meinung vertrat und die die Kosten dafür mit Werbung finanzierte.

Inzwischen aber wird die Zeitung für die Werbung gemacht, und die Meinung ist nur noch so viel wert, wie sie Leser bringt – Einschaltquoten.

Kino ist etwas anderes. Da saß man erst mal und erwartete den Film, und so hatte er denn seinen Anfang, und zum Schluß stand auf der Leinwand »Ende« oder »The End«, und der einsame Held ritt hinter dem »The End« hinaus in die Wüste, wurde immer kleiner und kleiner. Und man blieb sitzen in seiner Erschütterung und wartete auf das Licht.

Jener Lehrer, der in der Primarschule meine Aufsätze mochte, mochte die Aufsätze von Antonio Cortesi nicht. Antonio erzählte mal, daß seine schöne ältere Schwester nach Hollywood wolle, und wir waren einigermaßen bereit, uns das vorstellen zu können. Aber das hat mit seinen Aufsätzen nichts zu tun. Oder vielleicht doch? Er begann seine Aufsätze mit Sätzen wie: »Eines Morgens, als die Sonne durch die Dachluke schien«, und der Lehrer polterte: »Antonio, wo hast du eine Dachluke?« Aber Antonio blieb hartnäckig und nahm Strafen in Kauf. »Eines Morgens«, so beginnen Aufsätze, und damit basta. Noch mehr ärgerte sich der Lehrer über seinen

Schlußsatz: »Und dieser Aufsatz, der ist fertig«, »The End« – Hollywood.

Die beiden Sätze Antonios blieben ein Leben lang in meinem Kopf. Sie begleiteten mich immer wieder beim Schreiben. Eine Geschichte hat einen Anfang, und sie hat ein Ende – eine Geschichte ahmt das Leben nach, das auch einen Anfang und ein Ende hat, wie die Schulstunde, von Glockenzeichen zu Glockenzeichen.

Der Direktor einer großen Schule erklärte mir mal, er habe herausgefunden, weshalb die Schüler sich langweilen in der Schule. »Wir Lehrer sind zu langsam«, sagte er, »die Schüler leben in einer schnelleren Welt.« – »Und wer hat sie schneller gemacht, diese Welt, die Schüler selbst oder die Erwachsenen«, fragte ich. Der Direktor übrigens hielt sich für äußerst schnell, jugendlich und sportlich – auf Trab halten, auf Trab halten.

Wir beklagen uns über das alltägliche Gehetze und den Streß und lassen uns abends vom Fernsehen von Film zu Film, von Spot zu Spot hetzen, gefangen in einer Welt, die nur noch die Schnelligkeit kennt. Eigenartig, daß selbst der Sport, der es schon immer auf Schnelligkeit anlegte, fast beruhigend ist. Wie schön, wenn das Skirennen um eine halbe Stunde verschoben wird, und dann noch mal um eine halbe Stunde und die Kommentatoren verzweifelt die Zeit überbrücken müssen – endlich ein bißchen Langsamkeit.

Und so denn zum Schluß wieder einmal eine Geschichte, die wieder mal nicht dazu passen will, also:

Eines Morgens, als die Sonne durch die Dachluke schien, waren wir irgendwo mit anderen Leuten zusammen bei Freunden eingeladen. Die vielen Kinder setzten sich nachmittags vor den Fernseher und schauten Daktari, die Tiersendung mit dem schielenden Löwen. Ein kleines Mädchen, auch ein Gast, verfolgte alles mit großer Begeisterung. Und plötzlich fragte es die Gastgeber: »Wie heißt euer Löwe?« – »Clarence«, sagte man ihr, und sie antwortete überrascht: »Unserer auch!« Und dann: »Wie heißt euer Affe?« – »Judy!« – »Unserer auch«, sagte sie glücklich.

Und dieser Aufsatz, der ist fertig.

Im Hafen von Bern im Frühling

Vor vielen Jahren fragte ich in einem Tabakgeschäft in Bern nach kubanischen Zigaretten – Partagas. Das freundliche Mädchen, das mich bediente, war offensichtlich noch nicht lange hier, wohl erstes Lehrjahr, es schaute mich mit großen ungläubigen Augen an, und ich wiederholte meine Bitte. Sie schaute noch einmal, diesmal verträumt, vielleicht sah sie jetzt Palmen und Sonne und ein blaues Meer, und dann sagte sie: »Einen Augenblick bitte«, ging nach hinten und kam nach einiger Zeit zurück. »Nein«, sagte sie, »wir haben im Augenblick keine mehr.« – »Und Upmann?« fragte ich. »Wir haben im Augenblick überhaupt keine kubanischen Zigaretten mehr.« Und ich fragte, ob sie wieder welche haben werden und wann. Und wieder ihr Blick und ihre wunderbare Antwort, die mich hier in Bern und hier von diesem schüchternen und verträumten Mädchen überraschte: »Wissen Sie, wir haben bereits September, jetzt kommt wohl kein Schiff mehr an – im Frühling vielleicht wieder.«

Und seither, oft im Frühling, jetzt zum Beispiel, und eigentlich nie im September, fällt es mir wieder ein: Jetzt kommen vielleicht die ersten Schiffe an mit Zigaretten für Bern in der Schweiz. Und ich sehe wieder das staunende Mädchen vor mir, und ich lächle.

Geographie ist bei allem Elend in der Welt, und bei dauernd zunehmenden Elend, etwas Romantisches geblieben, die weite Welt, die Palmen, die Sonne, das Meer, und schon ein kleiner Schritt über die Landesgrenze, sei das auch nur auf dem Atlas, und es beginnt danach zu riechen.

Warum frage ich die Frau, die mir zufällig sagt, daß sie mit ihrem Mann für zwei Wochen in die Karibik gehe, wohin sie denn genau gehe. Ich war noch nie dort und würde die Gegend auf der Weltkarte wohl finden, aber nicht auf Anhieb. Und sie sagt die Namen von zwei Inseln, die ich noch nie gehört habe, und ich nicke und sage: »Aha.« Die Namen klangen gut.

Und wo liegt eigentlich Togo? Irgendwo in Afrika, so wie Sumiswald im Bernischen liegt oder irgendwo in der Schweiz. Und wenn einer sagt, er komme von der Elfenbeinküste, kriegt er vom Schweizer die Antwort: »Ich war schon dreimal in Kenia.« Das liege ganz anderswo, sagt der erste. Und der zweite sagt: »Aber in Afrika.« So weit weg kann das ja nicht sein. Sollte aber ein Amerikaner die Schweiz und Schweden als dasselbe empfinden, dann werden wir empfindlich.

Ein paar Jahre nach meinem Zigarettenkaufversuch in Bern traf ich irgendwo in Amerika, Kentucky, in einer Bar einen alten Mann, einen Mexikaner, der schon lange hier lebte und dessen Englisch glücklicherweise immer noch so schlecht war wie meines, so daß wir uns recht gut verständigen konnten. Er fragte mich nach meiner Herkunft, und als ich Switzerland sagte, sah ich, wie sein Kopf verzweifelt in der Geographie wühlte, und dann fragte er: »Wie heißt eure Hauptstadt?« – »Bern«, sagte ich, und er begann übers ganze Gesicht zu strahlen, klopfte sich auf die Schenkel und sagte, ja, im Hafen von Bern, da sei er oft gewesen, er sei lange zur See gefahren, Handelsmarine.

Ich wollte schon meine gut schweizerische Schulmeisterei auspacken und ihn korrigierend belehren, als mir die Erinnerung an das Mädchen im Berner Tabakgeschäft zu Hilfe kam. Warum nicht? Warum soll er jetzt, wo er sich doch so freut, nicht im Hafen von Bern gewesen sein. Und ich entschied mich freundschaftlich dafür, daß es mir nichts ausmacht, wenn Bern für einmal am Meer liegt und einen Hafen hat.

»Dann kennst du sicher auch die kleine Spelunke, die schmutzige und laute, gleich links in der kleinen Gasse, die ›Anchor-Bar‹.« – »Die mit der vollbusigen, schwarzlockigen Kellnerin«, ruft er aus, und ich sage gelassen: »Die Jane.« Und er hat bereits eine kleine Träne im Auge und fragt, ob sie denn noch lebe, die Jane, und ich sage, ja, wohl schon, aber sie arbeite schon lange nicht mehr dort, wir werden älter mein Freund – Amigo sage ich –, und er sagt: »Wem sagst du das?«

Und wir erzählen uns durch die Geographie von Bern. Und ich sehe das alles: Die Kneipe, den Wirt und die Jane und den großen Fischmarkt unten am Hafen. Und ich kriege Heimweh, Heimweh nach meiner Hauptstadt Bern, nach der Anchor-Bar und nach Jane. Und auch er wischt sich mit dem Handrücken die Tränen aus den Augen. Und in Bern steht wohl eine ältere Frau in einem Tabakladen und wartet auf das Schiff, das kommen wird – im Frühling.

Max Frischs Fragen an uns selbst

Eine Tagung in einem evangelischen Bildungsheim in Deutschland zum Thema Frieden. Die meisten Teilnehmer waren Pfarrer und Pfarrerinnen, und drei Pfarrerinnen kamen aus der DDR – die gab es damals noch, also ist das schon lange her –, drei muntere junge Frauen. Die eine von ihnen hielt nun ein Referat. Sie setzte sich und sagte: »Ich mußte mein Referat einer Amtsstelle in der DDR vorlegen. Verändert haben die zwar nichts, oder fast nichts, aber ich darf es nur wortgetreu vorlesen. Ich darf auch hinterher keine Fragen dazu beantworten. Nun haben wir uns gedacht, damit es trotzdem nicht allzu langweilig wird, lesen wir es zu dritt abwechselnd vor, und im übrigen sind wir ja noch zwei Tage hier, und reden darf man mit uns, und wir reden auch gern.«

Und sie lasen ihren Text vor und hatten ihren Spaß daran – nämlich an dem Theater, das sie hier aufzuführen hatten. Auf der anderen Seite ein Publikum, das äußert gespannt zuhörte, und zwar nicht nur dem Text, sondern auch den Stimmen der Sprechenden, und die Stimmen führten durch einen Text, der nicht ganz der ihre war – eben wie das auch bei Schauspielern auf dem Theater so ist, und die Zuhörer versuchten zwischen die Zeilen hineinzuhören.

Die Ankündigung, daß es keine Fragen und keine Antworten dazu geben werde, machte das Publikum höchst aufmerksam. Und mir schien, bei keinem anderen Referat waren die Zuhörerinnen so sehr mit sich selbst beschäftigt. Keine Fragen, keine Antworten – gedacht als bösartiges Diktat einer Diktatur –, aber es bewirkte etwas ganz anderes, man nahm die Wörter Wort für Wort ernst, und man hörte mit, was hinter den Wörtern blühte und welkte.

Und mir fiel damals auf, wie leicht wir es uns immer wieder mit unseren Fragen machen. Wenn es uns nicht paßt, wenn wir nicht so recht zuhören wollen, wenn wir in die Enge getrieben werden, dann stellen wir halt mal schnell eine Frage, und sollte das nicht helfen, dann geben wir halt mal schnell eine Antwort – voreilige Fragen, voreilige Antworten.

Am Nachmittag hielt ich dann mein Referat – nicht amtlich abgesegnet und mit zugelassener Diskussion. Die erste Frage nachher kam von einem sehr frommen Pfarrer einer Freikirche: »Glauben Sie an Gott?« Ich überlegte, ich suchte nach einer Antwort, atmete ein und wollte jetzt reden, da sagte der Frager: »Sie haben bereits geantwortet – Sie glauben nicht an Gott.« Für ihn gab es zu dieser Frage nur ein Ja oder ein Nein. Ich aber wurde heftig und laut. »Sie sind ein frommer Mann«, sagte ich, »warum wollen Sie mich denn hindern daran, über Gott nachzudenken?« Die voreilige Frage, die nichts anderes als eine voreilige Antwort will.

Nun wurde ich im Zusammenhang mit den Max-Frisch-Jubiläen von einer Zeitung aufgefordert, den ersten Fragebogen aus dem Tagebuch von Frisch zu beantworten. Die Idee ist naheliegend, aber sie hat mich erschreckt, und ich habe nicht geantwortet. Jener Fragebogen hängt schon seit bald zwanzig Jahren in meiner Toilette zu Hause. Ich sehe ihn täglich, und ich lese ihn in Ausschnitten täglich:

»Sind Sie sicher, daß Sie die Erhaltung des Menschengeschlechts, wenn Sie und alle Ihre Bekannten nicht mehr sind, wirklich interessiert?«

»Warum? Stichworte genügen.«

»Wissen Sie sich einer Person gegenüber, die nicht davon zu wissen braucht, Ihrerseits im Unrecht und hassen Sie eher sich selbst oder die Person dafür?«

»Gesetzt den Fall, Sie haben nie einen Menschen umgebracht: wie erklären Sie es sich, daß es dazu nie gekommen ist?«

In diesen und den anderen Fragen Frischs lebe ich, irgendwie durch Zufall, das Plakat ist hängen geblieben, tagtäglich.

Ich befasse mich mit den Fragen. Und auch nach zwanzig Jahren erschiene mir ein Ja oder ein

Nein oder irgendeine Antwort als voreilig – abgehakt und abgetan.

Mir scheint, Max Frisch hat diese Fragen sich selbst gestellt, und wenn wir sie lesen, dann stellen wir sie uns selbst. Ich frage mich.

Und vielleicht leben wir alle in bequemen voreiligen Antworten, um den unbequemen und schmerzenden Fragen auszuweichen.

Frischs Fragen gehen mir täglich unter die Haut. Dort gehören sie hin. Ich habe nicht im Sinn, sie zu entfernen.

Der fromme Pfarrer übrigens kam am anderen Tag zu mir und entschuldigte sich. »Ich habe Sie verstanden«, sagte er, »man muß die Fragen an sich selbst stehen lassen.«

Dem Otto
kommen die Geschichten abhanden

Otto ist ein gern gesehener Gast. Man freut sich am Stammtisch, wenn er kommt. Er ist witzig und schlagfertig und ein guter Erzähler. Otto ist fünfundneunzig und weiß viel zu erzählen:

»Da saßen wir also unten im ›Schwyzerhüsli‹ bei der Bertha – die kennt ihr doch.« – »Nein«, sagen wir, und er sagt, daß doch alle in der Stadt die Bertha gekannt hätten, ein Original sei sie gewesen, ein richtiges Original, und wir fragen, wann das denn gewesen sei. »Ach, das Schwyzerhüsli ist erst in den Vierzigerjahren zugegangen«, sagt Otto, und einer sagt: »Da habe ich noch nicht gelebt, ich bin erst sechzig.« Und Otto schaut mich an, den zweitältesten in der Runde – Hilfe suchend –, und ich sage, daß ich 1935 geboren sei.

»Ach erzähl doch deine Geschichte«, bitten wir. Er aber zuckt mit den Schultern und sagt: »Nein, schade, man kann diese Geschichte nicht erzählen, wenn niemand die Bertha Meister gekannt hat, sie war eine großartige Frau, sie war eine Legende«, und er schweigt für die restliche Zeit und schaut in die Ferne.

Und wir kommen uns irgendwie schuldig vor,

wie wenn es unsere Schuld wäre, daß wir für seine Geschichte zu jung sind.

Dem Otto kommen die Geschichten abhanden, nicht etwa, weil er ein schlechtes Gedächtnis hätte, sondern weil sie nicht mehr erzählbar sind. Es gibt jene Geschichten, die mit »Weißt du noch« beginnen. ,

Die Weißt-du-noch-Geschichten sind Geschichten des Alters, auch wenn sie von einer Vierjährigen erzählt werden. Es sind Geschichten der langen gemeinsam verbrachten Zeit. Geschichten, die der Zuhörer eigentlich schon kennt – gemeinsame Geschichten.

Otto aber ist ein Überlebender, er ist der Letzte, der die Bertha noch gekannt hat. Er kann das Weißt-du-noch mit niemandem mehr teilen, und wenn er sagt: »Die Bertha war doch eine Legende«, dann klingt das wie ein Hilferuf.

Ja, es gibt Legenden, die überleben und selbst uns überleben werden, die Titanic zum Beispiel oder Marilyn Monroe, aber sie sind selten geworden, und man kann sich nicht einmal mehr darauf verlassen, daß der andere Hänsel und Gretel kennt oder das Dornröschen. Vielleicht verlieren wir nicht nur die gemeinsamen Geschichten, sondern die Gemeinsamkeit schlechthin.

Dann also zum Trost hier doch noch eine gemeinsame Geschichte:

»Mit Aarberg passieren wir heuer ein Städtchen, das noch vor dem Zusammenschluß der Eidgenossenschaft gegründet worden war. 1477 zerstörte ein Brand große Teile der Stadt, worauf sie praktisch von Grund auf neu aufgebaut wurde. Ende des sechzehnten Jahrhunderts besetzten außerdem französische Truppen die Stadt. Nun können sich die Fahrer ein Bild dieses historischen Städtchens machen.«

Das ist eine Sportinformation aus dem Live-Ticker im Internet, die nichts anderes mitteilt, als daß das Feld der Tour de Suisse eben durch Aarberg fährt.

Etwa so ausschweifend hätte auch Otto seine Geschichte über die Bertha Meister erzählt, wenn sie noch erzählbar wäre.

Und weshalb eigentlich lese ich anderntags alle Berichte in den Zeitungen über das Fußballspiel, das ich doch selbst am Fernsehen gesehen habe. Wohl weil Sportanlässe zu unseren letzten wirklich gemeinsamen Geschichten geworden sind. Und gemeinsame Geschichten will man immer wieder erzählen und immer wieder erzählt bekommen. Die Sportjournalisten sind die letzten erzählenden Journalisten. Und bei aller Aktualitätshetze haben sie noch so etwas wie Zeit, noch ein kleines Stück vom Weißt-du-noch. Und man redet von Sportlegenden, und zu solchen werden sie nicht einfach durch ihre Leistungen, sondern durch die Erzählungen darüber – denn eine Legende, das ist eine Geschichte.

Bald beginnt die Tour de France. Ich werde mir wohl ein paar wenige Etappen am Fernsehen anschauen. Die meisten werde ich aber am Live-Ticker im Internet nachlesen – das schnelle Ereignis mit dem langsamen Erzähler genießen. Denn so langsam, wie der Journalist auf das historische Städtchen aufmerksam machte, so langsam sind sie sicher nicht gefahren, und Geschichten sind nie live, sondern immer ein Es-war-einmal.

Von der Nostalgie der Reichen im reichen Land

Ein reicher Mann – Name geändert und weggelassen – kaufte ein großes Haus in der Stadt. Er hätte es ebensogut nicht kaufen können oder ein anderes, er hätte mit seinem Geld und seinem Namen, eben dem Namen einer reichen Familie, ohnehin tun und lassen können, was er wollte – aber kurzum, er kaufte also dieses Haus. Unten in diesem Haus gab es eine kleine Kneipe mit Stammgästen und einer Wirtin, die diese Gäste wirklich betreute, und einige unter ihnen hatten Betreuung bitter nötig.

Nun kam also dieser Mann, dieser Herr, in diese Kneipe, die nun ihm gehörte, setzte sich und erklärte der Wirtin, daß sie nichts zu befürchten hätte, daß alles beim Alten bleibe. Und er bestellte sozusagen zur Bekräftigung seines Entschlusses ein großes Bier und einen Wurstsalat und begann in sentimentalen Sätzen das einfache Leben zu loben und das einfache Essen, daß ihm nichts lieber sei als Pellkartoffeln, »Gschwöuti«, und daß er selbst, damals in Südamerika, unten durch habe müssen – er kenne die Armut, und deshalb, eben deshalb, habe er sich so entschieden. Die Wirtin bediente ihn freundlich, nickte auch zu seinen

Sätzen, mißtraute ihnen und ließ sich nichts anmerken. Das Haus stand schon lange zum Verkauf, und sie selbst hatte weder den Willen noch das Geld, es zu kaufen – und jetzt bestand zum mindesten wieder etwas Hoffnung, daß sie bleiben könnte. Der Herr kam nun fast jeden Tag, auch mit Freunden und Verwandten zum Essen, und er sang auch ihnen das Lob des einfachen Lebens, und auch sie wußten davon zu erzählen, von ihrer kargen Jugend und dem kalten Zimmerchen in der Studienzeit.

Sie alle kamen aus der Armut und hielten nun plötzlich ihren Reichtum als selbstverdient, wären aber entsetzt gewesen und hätten vor Gericht geklagt, hätte man sie als Neureiche bezeichnet.

Eigenartig, dieses Lied vom einfachen Leben, das fast alle singen. Wir alle und selbst die Reichsten kommen aus der Armut. Und wenn ein einzelner – was für ein Elend – keinen armen Vater hatte, dann bestimmt einen armen Großvater oder Urgroßvater. Und das ist schon Hunderte von Jahren so, alle wollen aus der Armut sein, aus einfachen Verhältnissen, hartes Brot gegessen haben, und die einzigen, die das nicht kennen, nie kennengelernt haben, und in Saus und Braus leben, das sind die jeweils heutigen Jungen – aber auch sie werden schon in ein paar Jahren aus der Armut gekommen sein und dies wiederum ihren

Jungen vorhalten, die eben dann die einzigen sein werden, die in Saus und Braus leben.

Nein, ich nehme mich da nicht aus, auch mir macht die Bemerkung »Sohn eines Handwerkers« in meiner Biographie Spaß. Ich erwarte auch, daß damit das einfache Leben erahnt würde. Aber ich erinnere mich nicht daran, je einmal Hunger gehabt zu haben in meiner Jugend, und hielt deshalb unseren Stand für den Mittelstand – irrtümlicherweise. Das war damals auch in gotischen Buchstaben auf die Schaufenster der kleinen Händler geschrieben: »Unterstützt den Mittelstand«, und wer damals trotzdem im Migros einkaufte, war so etwas wie ein vaterlandsloser Geselle. Mittelstand suggerierte jene Armut, aus der alle Schweizer kommen.

Inzwischen heißt das KMU, kleine und mittlere Unternehmen. – Entschuldigung, ich halte das für eine Mogelpackung, sie ist viel zu groß für den Kleinen, für den Metzger, der fürs Überleben seines Lädelchens kämpft, für einen Handwerker, der sich Monat für Monat durchboxt. Das K wird zu nichts anderem als zu einem Alibi für das M. Das K signalisiert jene Armut, aus der wir in diesem Land alle kommen wollen. Ich halte es für eine Frechheit oder für eine raffinierte Sprachregelung, wenn man K und M in einem Atemzug nennt, also das Ehepaar, das tapfer seine Bäckerei im Dorf am Leben erhält, mit jenem zusammen nennt, der 300 Angestellte hat. Aber jener möchte halt auch zu jenen gehören, die klein und arm sind – Armut ist in der Schweiz die Nostalgie der Reichen.

Die Geschichte aber mit dem reichen Mann, der sich ein Haus kaufte und aus dem einfachen Leben kam, hat auch ein Ende: Nach ein paar Wochen kam der Herr in seine Kneipe zu seiner wunderbaren Wirtin, weinte wie ein kleines Kind und erklärte ihr schluchzend, daß sie ihm alles weggenommen hätten, daß er nichts mehr zu sagen hätte und daß das Haus nun abgerissen werde – und ein Schwall von Tränen, wie sie kaum je ein Armer vergossen hatte, und er müsse ihr jetzt kündigen. Die Geschichte vom einfachen Leben hatte ihr Ende – sein brutaler Reichtum hatte ihn wieder eingeholt.

Die wunderschöne Landschaft Bulgariens

Guido war in Bulgarien. Er ist begeistert, von den Leuten, von der Freundlichkeit, vom Wetter auch und von den Preisen, vom Meer und von der Landschaft – ja, diese Landschaft, diese Landschaft! Guido ist ein guter Fotograf, oder eher ein leidenschaftlicher, er hat also etwa so fotografiert, wie leidenschaftliche Fischer fischen.

Nun zeigt er mir seine Fotos, ein dickes Buch, das er selbst hergestellt hat im Internet – billig und einfach, er nennt den Preis. Ich blättere das Buch durch. Ja, schöne Bilder, sie gefallen mir. Er hat schöne Bilder gemacht in Bulgarien, so wie der Fischer schöne Fische gefangen hat in Schottland.

Und eben, er ist begeistert von Bulgarien. Ja, er kenne inzwischen Bulgarien gut, er werde wieder gehen, ein wunderbares Land.

Ich selbst weiß sehr wenig über Bulgarien und beginne ihn auszufragen. Er weiß nichts von der Politik, von den Leuten, von der Wirtschaft – aber er kennt Bulgarien gut, er hat es gesehen, und in seinem Buch ist alles drin – ganz Bulgarien. Aber geschaut hat er eigentlich nur für dieses Buch, für seine Kamera und durch seine Kamera.

Was sieht man eigentlich, wenn man schaut?

Der junge Kuno fällt mir ein, der sich vor vielen Jahren in den Sommerferien aufmachte in die große Welt und mit Autostop nach Marseille ging. Er kam zurück und hatte wenig zu erzählen, aber das eine immer wieder, nämlich, daß er in der Hafengegend von Marseille nichts gesehen hätte von Drogenschmuggel und Waffenhandel, von Kriminalität und Anwerbern der Fremdenlegion, gar nichts davon. »Ich habe gut geschaut und nichts gesehen«, sagte er.

Dabei hat er, wie der Fotograf, gar nicht geschaut. Er hat beobachtet, das ist etwas ganz anderes als schauen. Der Beobachter weiß zum voraus, was er zu sehen hat. Beobachten ist schauen mit Vorurteil.

Sie erinnern sich wohl noch daran. Eines Tages sagte der Lehrer: »Jetzt nehmt ihr euer Notizheft und geht auf den Markt und beobachtet da genau und macht euch Notizen, und in einer Stunde seid ihr wieder zurück.«

Der Lehrer blieb im Schulzimmer, er kam nicht mit. Er wußte, was es zu beobachten gibt auf dem Markt – und die Schüler wußten es eigentlich auch. So wie sie auch zum vornherein wußten, daß sie hinterher einen Aufsatz zu schreiben hätten: »Auf dem Markt«. Den hätten sie allerdings auch schreiben können ohne die Beobachtungsstunde, denn schreiben ist etwas anderes als beobachten, es ist den Markt, den es schon gibt, noch einmal zu erfinden – über den Markt nachdenken.

Der Polizist, der beobachtet, weiß zum voraus, was er zu sehen hätte. Der Fotograf weiß auch zum voraus, was er zu sehen hat – ein Motiv für ein Bild. Und er hält dann seine gesammelten Motive für das reale Bulgarien. Er glaubt, er hätte Bulgarien gesehen.

Und selbstverständlich gibt es in Marseille Kriminelles, Drogenhandel, Waffenhandel. Kuno hat nichts davon gesehen, aber sein Fazit, daß es dort nichts solches gibt, ist wohl so falsch wie das Fazit von Guido, er kenne Bulgarien, er habe es gesehen.

Bilder gab es schon immer – wohl seit es Menschen gibt. Nur waren sie wohl Tausende von Jahren Abbilder, inzwischen sind sie die Realität selbst – und wenn wir schauen in die Realität, sehen wir Bilder, Bilder, die wir längst kennen.

Vorurteile sind Bilder. Jener Asylant mit dem neuen, teuren Mercedes, den wohl niemand je gesehen hat, wird Realität, weil man sich das als Bild vorstellen kann.

Ja, selbstverständlich habe ich einen Fernseher. Ich sitze jetzt auch schreibend an einem Computer – die moderne Welt macht mir keine großen technischen Schwierigkeiten. Nur, es ist eine fremde Welt, ich sitze, wenn ich schreibe, in einer fremden Welt. Das kann auch spannend sein.

Als ich ein Kind war, gab es im Quartier noch Familien, die kein Radio hatten – eine Lehrerfamilie zum Beispiel, die die moderne Technik für den Teufel hielt. Mein Vater hatte eine Welt ohne Radio in der Kindheit noch erlebt. Ich nicht, und ich kann mir eine Welt ohne Radio nicht vorstellen, selbstverständlich auch eine Welt ohne Bilder nicht, Bilder gab es schon immer.

Vor Jahren hat ein amerikanischer Soziologe das Ende des Buchzeitalters vorausgesagt. Seine Prognose ist offensichtlich nicht eingetreten. Guidos Fotobuch ist auch ein Buch. Es gibt auch einige Bildlegenden darin. Nur, die Bilder waren früher Illustrationen zum Text – inzwischen sind sie zur Information geworden, der Text verkommt zur Legende. Er ist kein Argument mehr, das Bild ist das Argument. Ende des Sprachzeitalters?

Soll ich es dir übersetzen?

Egon ist nicht mehr, wir haben ihn beerdigt – wir, ein kleines Häufchen von Leuten. Egon war mein Freund, und er war mein Leser. Ich kannte ihn schon lange und eigentlich von weitem, einer von vielen in der Beiz, und er belästigte die Leute mit schwierigen Fragen, er konnte eigentlich nur in Rätseln reden, und wenn er redete, war er betrunken – denn wenn er es nicht war, und er war es oft nicht, dann war er schüchtern und redete nicht. Als ich ihn noch flüchtig kannte, hätte ich ihm nicht zugetraut, daß er lesen kann, und er überraschte mich eines Tages mit einem Zitat aus meinen »Jahreszeiten«, und er wollte von mir wissen, auf welcher Seite des Buches das stehe und wurde richtig böse, weil ich es nicht wußte – und später stellte sich heraus, daß er wirklich alles gelesen hatte von mir. Es gäbe viel zu erzählen von ihm – Geschichten, die, als sie wirklich waren, recht übel sein konnten, und jetzt, in der Erinnerung an ihn, zu lustig-traurigen Geschichten geworden sind. Würde ich sie hier aufschreiben, sie würden ihn falsch beschreiben, also lasse ich es. Aber wir haben uns die Geschichten nach der Beerdigung erzählt. Man kann sie nur mündlich erzählen, sie haben die menschliche Stimme nötig als Zeichen der Zuneigung in der Erinnerung. Egon war ein gescheiter, gebildeter Mensch, ein ehemaliger erfolgreicher Berufsmann, ein ehemaliger Fußballer, ein ehemaliger Schiedsrichter – in allem ein Ehemaliger – und er hatte das alles hinter sich gelassen und war jetzt nur noch Egon – ein eigenartiger Mensch, einer mit Eigenheiten und Eigenarten. Er meldete sich auch so, wenn er mich anrief: »Hier ist der eigenartige Mensch.«

Übrigens hieß er nicht Egon. Das war sein Übername, eine Wirtin nannte ihn so, und bald kannten ihn alle nur unter diesem Namen. Ein Titel sozusagen, ein Ehrentitel – die Originale, die Unikate haben Übernamen. Es mag auch andere gegeben haben, die wirklich Egon geheißen haben, aber *der* Egon, das war nur er.

Die Wirtin übrigens, die ihm den Namen angehängt hatte, war eine alte Italienerin und im Unterschied zu Egon nicht schüchtern, aber eigenartig und einzigartig auch. Sie war nun wirklich das, was man ein Original nennt, und jene, die sie kannten, nannten sie Mama oder gar schweizerisch »Mutti«, und zwar auch jene, die mit ihr nicht auf Du waren. Ihre Beiz war ihr Königreich im eigentlichen Sinn, nämlich eine Diktatur. Mama war resolut und bestimmte, was gerecht und anständig ist. Dazu benützte sie auch einen Stock, der hinter dem Ofen stand – zwar im Scherz, aber doch tüchtig zuschlagend. Als mich mal eine alte Bekannte, die zufällig hereinkam, bei der Begrüßung küßte, wußte ich, was ich zu erwarten hatte: Ich kam andern Tags rein, und Mama nahm den Stock hinter dem Ofen und schlug zu – es tat ein ziemliches Bißchen weh. Aber man liebte Mama, und man war stolz darauf, von ihr wahrgenommen zu werden. Und sie liebte alle – außer die Süditaliener, und der Süden begann für sie südlich von Mailand und Turin. Sie selbst kam aus dem Piemont, und man erzählte sich, daß sie als junges Mädchen nach Solothurn geschickt wurde, um dort einen wesentlich älteren Mann zu heiraten, der aus demselben Dorf stammte, in der Gegend mit Hühnern handelte und dessen Frau gestorben war – er brauchte eine neue. Und sie verkaufte erst mal mit ihrem Mann »Jänner«, so nannte sie die Hühner, und man mußte sich einhören in ihre trotzige Vorstellung vom Schweizerdeutschen. Ich weiß nicht, ob sie lesen und schreiben konnte. Jedenfalls habe ich oft für sie Briefe und Postkarten geschrieben, und wenn ich sie ihr hinüberschob zum Unterschreiben, sagte sie: »Nein, du mußt schreiben ›Lisa‹ – sonst ist es nicht die gleiche Schrift.« Müßte ich eine typische Solothurnerin beschreiben, ich würde mich für Mama entscheiden – eine kräftige, entschiedene Frau, die sich eine Position in der Gesellschaft erkämpft hatte und eigentlich eine biedere, oft spießige Frau war, aber mit Herz und

Witz – durch und durch Schweizerin, die durch und durch trotzig Italienerin blieb.

Aber was wollte ich erzählen? Ach ja, von Egon: Als ich ihn mal traf, hatte er eine Gebrauchsanweisung für irgend etwas vor sich und sagte: »Ich kann das nicht lesen, es ist Englisch«, und ich sagte: »Soll ich es dir übersetzen?« – »Nein, um Himmels willen«, sagte er, »dann wäre es ja nicht mehr Englisch.«

Woher kommen Sie?

Ein Gespräch mit Sekundarschülern oder eben, wie das dann so ist, ein Frage- und Antwortspiel. Das hat die Schule so an sich und läßt sich wohl kaum ändern. Sie ist letztlich der Ort der Fragen und Antworten, und der Lehrer fragt in der Regel nur Dinge, die er selbst schon längst weiß: »Wie viel gibt zwei mal zwei?« Und einer, der nach Dingen fragt, die er selbst schon weiß, ist nicht ein Suchender, nicht ein Interessierter. Wie gesagt, das läßt sich nicht ändern, aber die Frage ist in der Schule etwas anderes als die dringende Bitte nach einer Auskunft. Und jetzt sollen die Schüler einem Schriftsteller Fragen stellen. Darauf sind sie vorbereitet. Sie haben Zettel vor sich und lesen die einfachsten Fragen vom Blatt: »Wann haben Sie angefangen zu schreiben?«, »Warum haben Sie diesen Beruf gewählt?«, »Wie lange haben Sie für eine Geschichte.« Ich beantworte diese Fragen gern, es macht mir Spaß, sie zum Anlaß zu nehmen, erzählen zu können. Die Schülerinnen und Schüler hören zu, sie sind interessiert und freundlich, und ich fühle mich wohl bei ihnen, aber es gelingt mir nicht, sie zu einem Gespräch zu verführen.

Und plötzlich fragt einer – spontan und ohne Zettel: »Woher haben Sie Ihre Bescheidenheit?«

Und mir fällt dazu nichts ein. Ich beginne zu stottern, erzähle irgend etwas und bin hilflos. Hätte er gefragt: »Warum sind Sie so bescheiden«, ich hätte das von mir gewiesen, ich hätte erzählt und erzählt und die Bescheidenheit relativiert.

All die Wann und Wie und Warum waren mir selbstverständlich – aber dieses »Woher?« überraschte mich. »Woher komme ich, woher bin ich so wie ich bin, woher meine Stimme, woher meine Meinung?« Das Woher ist die Frage nach mir und ist mit »von Luzern, von Olten, von Solothurn« nicht beantwortet, und Biographie ist etwas anderes, als 1935 geboren in Luzern – Biographie ist ein Woher.

Die Studenten an einem College in Amerika, in dem ich unterrichtete, kamen aus allen Ecken der USA. So fragte ich ab und zu einen: »Woher kommst du?« und bekam die Antwort: »Ich bin Norweger, ich bin Ägypter, ich bin Irländer.« Und wenn ich sagte, daß ich nicht das meine, sagte er: »Ich bin aber wirklich irisch.« Und erst nach langem Nachfragen begriff er, daß ich wissen wollte, wo er aufgewachsen sei, wo seine Eltern wohnen. Und fragte ich einen Indianer, dann bekam ich als Antwort nicht einen Ort oder eine Gegend, sondern den Namen seines Stammes.

Und woher kommen die Kinder? Wenn es die Frage eines Kindes ist, ist Aufklärung angesagt oder gefordert. Aber woher kommen sie denn wirklich? Wenn ich sie sehe, diese kleinen Kinder, dann habe ich nicht nur den Eindruck, daß sie nur von Mutter und Vater kommen. Selbst das Kind der verwahrlosten Drogenabhängigen ist ein Wunder. Die Mutter ist fast sprachlos, das Kind lernt sprechen, die Mutter ist hoffnungslos, das Kind strahlt in dieses Leben, liebt die Welt, liebt die Menschen, lächelt ihnen zu. Wie lange noch? Vielleicht so lange, bis es sein Woher vergessen hat. Und warum sind wir so interessiert an der Frage, ob es ein »Leben« nach dem Tod gibt. Ob es eines gibt vor dem Leben – daran sind wir nicht interessiert. Und vielleicht meint die Legende vom Storch, der die Kinder bringt, ursprünglich doch mehr als nur eine billige Lüge von Vätern, die von den Fragen der Kinder überfordert sind, nämlich die Vorstellung, daß sie von weit her kommen. Woher? Und woher haben sie ihre Freude an dieser Welt?

Kürzlich haben wir Ständeräte und Nationalräte gewählt. Wissen Sie noch genau, wen und weshalb Sie ihn oder sie gewählt haben? Wir hatten ja genügend Zeit, ihre Köpfe anzuschauen: Sympathisch, freundlich, hübsch, interessant. Das kann es ja nicht sein, diese Köpfe. Und dann dieses »Kandidaten stellen sich vor«. Haben sie das wirklich getan: Wohnort, Geburtsdatum, Beruf und Hobbys. Die meisten wandern oder joggen oder fahren Ski oder lesen ein gutes Buch. Ist das Biographie? Ja, die, die ich gewählt habe, kannte ich alle ein bißchen. Man kennt sich hier in der Gegend. Aber eigentlich waren alle ohne ein »Woher« – Models einer Werbung, kurz, prägnant und biographielos. Und nur einen kenne ich. Ich kenne sogar ein paar seiner Schwächen, und einige seiner Schwächen mag ich. Bei ihm verspüre ich ein Woher.

Woher kommen Sie? Das wäre die Frage an die Kandidaten, die Frage nach ihrer gelebten Welt – nicht, was sie zu tun gedenken, sondern wer und wo sie sind.

Auf ein Bier mit meinem Marabu

Nein, sie erinnern sich nicht, die alten Männer am Tisch, die nach dem Namen einer Kneipe suchen, die es schon lange nicht mehr gibt, sie erinnern sich nicht, sie haben nichts zu erzählen, sie wühlen nur in ihrem Gedächtnis herum. Und wie er endlich gefunden ist, der Name, geht es um die Namen jener, die dort gewirtet haben – und wer vor wem war, und wer nach ihm. Namen, Namen, Namen, gespeichert im Hirn für nichts, aber eingebrannt für immer, und dies in jenem chaotischen Hirn, wo die Tomaten gleich neben dem Onkel Fritz liegen und die Orangen samt dem Namen der Frau von Fritz in einer ganz anderen Ecke. Und sobald man wühlt in diesem Gedächtnis, vergrößert man das Chaos, und lauter unpassende Sachen kommen zum Vorschein, nur der Name der Frau von Fritz nicht – und käme er zum Vorschein, er wäre für nichts anderes zu gebrauchen als zur Genugtuung, daß man es noch weiß.

Es gibt auch Wörter, auf die ich in meinem Hirn beim Suchen nach irgendetwas immer wieder gestoßen bin, ein Leben lang fast wöchentlich: »Gauligletscher«, ich weiß nicht mal, wo er liegt, aber da ist mal, kurz nach dem Krieg, ein amerikanisches Flugzeug abgestürzt. Ich gehe ins Internet, gebe Gauligletscher ein und es bietet mir unter anderem an »Gauligletscher Dakota«, da ist es bereits das Flugzeug. Ich erinnere mich, wie ich damals als Kind ein schlecht gedrucktes Foto Millimeter für Millimeter durchforstet habe auf der Suche nach einem Toten und irgendwo so etwas ähnliches wie einen Marabu entdeckte. Seither fürchte ich mich vor Marabus.

Ich fürchte auch, daß dieser Gauligletscher gleich an mehreren Stellen meines Hirns abgelagert ist – wohl die Schuld des Marabus, und gleich neben dem Marabu liegt Meret in meinem Hirn, und ich bleibe an ihr hängen, und ich versuche mich an sie zu erinnern.

Sie war ein Mädchen, als ich sie kennenlernte, nicht auffällig, sie machte eher einen schüchternen Eindruck, aber sobald man mit ihr sprach, wurde sie trotzig und eigensinnig, und übermütig auch. Sie kam aus einem guten Haus, aber aus einer zerrütteten Familie oder umgekehrt, ich erinnere mich nicht mehr genau. Sie war eine Leserin, und darüber haben wir uns unterhalten. Sie machte dann die Matura und ging nach Zürich zum Studieren.

Dort traf ich sie zwei Jahre später auf der Straße – abgemagert, verwahrlost. Nein, nicht Drogen – sie hatte sich nur aufgegeben, einfach aufgegeben, studierte auch nicht mehr. Ich lud sie zum Essen ein und mußte sie lange dazu überreden.

»Du mußt jetzt etwas essen.« Wir gingen in ein Restaurant, das ich als einfach in Erinnerung hatte. Aber inzwischen war es offensichtlich ein etwas besseres Restaurant geworden: Tischtücher, Servietten, große Menuekarten. Sie wolle kein Tischtuch, sagte sie zum Kellner, er solle das wegnehmen. Sie wolle ein Papierset und Papierservietten. Sie machte Skandal, und mir war es peinlich, sehr peinlich, und sie wollten uns wegweisen. Ich ging zur Theke und verhandelte mit dem Chef. Sie müsse jetzt etwas essen, sagte ich, und er hatte zu meiner Überraschung Verständnis. Und so aßen wir denn wie in einer Kneipe inmitten der Gäste im gepflegten Restaurant. Nein, sie war nicht freundlich und freute sich auch nicht, und ich konnte wenigstens verhindern, daß sie begann, die Leute zu beschimpfen, und sie machte mich zum hilflosen reichen Onkel. Immerhin, ihren Mut, das Tischtuch kategorisch zu verweigern, bewunderte ich.

Warum ich das erzähle? Ein untauglicher Versuch, mein Hirn aufzuräumen. Wenn ich sie aus dem Hirn kriege, geht der Marabu vielleicht mit.

Jahre später traf ich sie in Hamburg. Ich hatte da eine Veranstaltung, und hinterher kam eine Dame auf mich zu. Ich erkannte zu meiner Überraschung die kleine Meret in der großen Dame gleich. Ich freute mich, sie zu sehen. Es ging ihr offensichtlich gut. »Was machst du, wie geht es dir, und weißt du noch.« Ja, sie sei verheiratet mit einem australischen Präsidenten einer internationalen Institution oder so was, und sie wollte mich einladen zum Essen in ein hervorragendes Restaurant ganz in der Nähe. Ich lehnte mit einer Ausrede ab. Ich mag nämlich hervorragende Restaurants nicht besonders. Und ihr ehemaliger Trotz und Mut, von dem sie inzwischen wohl nichts mehr wußte, fehlte mir – der Mut, Tischtücher zu verweigern. Ich ging mit meinem Marabu im Hirn in eine schäbige Kneipe und trank allein und mit ihm ein Bier.

Herzliche Wünsche zum angezählten Jahr

Auch ich wünsche ein gutes neues Jahr. Wir haben es gewünscht und gewünscht bekommen, und gute Gesundheit, ja gute Gesundheit. Mein Adventskalender hängt immer noch an der Fensterscheibe meiner Schreibstube – ein wunderschöner Kalender mit vierundzwanzig geöffneten Fensterchen, und die Fenster sind wirklich Fenster von Häusern, und wenn man sie öffnet, sieht man in die Stuben. Vierundzwanzig also, warum zähle ich sie mehrmals am Tage immer wieder und freue mich, wenn ich wirklich auf vierundzwanzig komme. Eigenartig, daß man nicht den Eindruck hat, daß man die Muttersprache gelernt hat – die kam einfach und war dann da. Aber das Zählen hatten wir zu lernen: erst mal bis zehn, dann bis zwanzig, und wenn wir es bis hundert konnten, waren wir schon recht stolz. Und der Stolz, so scheint mir, hält ein Leben lang an. Wir verbringen unser Leben zählend und zählend und zählend. Die Orgelpfeifen in der Kirche während der Predigt, meine Medikamente in der Pillenschachtel, die ich sonntags für eine Woche auffülle und jeden Tag neu nachzähle. Sonntags sind sie noch fast unzählbar, die Schachtel ist prallvoll, schon ab Montag werden sie zählbarer und zählbarer, und die Woche zerrinnt und kündet schon mittwochs ihr nahes Ende an. Die Pillenschachtel stiehlt mir die Tage, ich zähle sie aus – Ende, die Schachtel ist leer. Als sie noch prallvoll war, versprach sie eine ganze lange Woche. Schon am Dienstag bricht sie ihr Versprechen. Am Sonntag wieder zählend auffüllen, von jeder Pille sieben, sieben neue Tage, eine ganze neue Woche, ein ganzes neues Jahr, 366 Tage – alles genau abgezählt und nachgezählt und nachgezählt. Und die Tage in meiner Pillenschachtel sind weg für immer. Verloren wie das alte Jahr, gezählt und ausgezählt.

Wir haben es an Silvester zu Grabe getragen und angestoßen auf das neue, auf 366 Tage, die wir zählend hinter uns bringen, der siebzehnte, der achtzehnte, der neunzehnte.

Und wir werden es schon bald wieder zu Grabe tragen. Könnten wir dann wenigstens zusammensitzen wie nach der Beerdigung eines Menschen und für einmal das Zählen vergessen und nach und nach, langsam und leise mit dem Erzählen beginnen, mit dem »Weißt du noch?«. Ich mag die stillen Geschichten nach Beerdigungen, sie beginnen meist hilflos – man kann ja jetzt nicht einfach nichts sagen –, dann werden sie etwas lauter und bald auch etwas unwahrscheinlicher, und die Verstorbene bekommt noch einmal ihren Platz in der Runde, in der Runde unserer Geschichten. Das alte Jahr aber hat als Jahr in Erzählungen nichts zu suchen. Und seine Ereignisse sind keine Geschichten und landen im großen Topf der Geschichte, jener Geschichte, die man nicht in die Mehrzahl setzen kann, und in der Kleopatra und Napoleon und der Sieg des FC Basel über Manchester United dicht nebeneinanderliegen.

Immerhin, und insofern ist »zu Grabe tragen« in diesem Zusammenhang nicht die entsprechende Formulierung, immerhin trenne ich mich vom Jahre 2011 mit Leichtigkeit. Ich werde es nicht vermissen. Das Jahr 2012 wird das alte Jahr gut, und eben auch schlecht und recht, ersetzen können, und wir werden es durchzählen vom Januar bis zum Dezember.

Mit dem 21. Jahrhundert fällt mir das eigenartigerweise schwerer. Es ist noch zu jung, es ist noch nicht zählbar – wie meine Pillen in der Schachtel am Sonntag. Ich bin in diesem 21. Jahrhundert immer noch nicht angekommen und werde wohl nie ankommen. Wenn jemand sagt »im letzten Jahrhundert«, dann ist das für mich ganz selbstverständlich das 19. Jahrhundert, denn ich habe im zwanzigsten gelebt – fast ein ganzes Leben lang und bin ein Mensch des zwanzigsten Jahrhunderts. Das kann ich jetzt nicht mehr ändern – ganz abgesehen davon, daß sich dieses einundzwanzigste immer noch in nichts, in gar nichts – leider – von jenem zwanzigsten unterscheidet, jenem zwanzigsten Jahrhundert, das ohne jeden Grund so verdammt stolz auf sich war.

Ich schaue zu meinem Fenster und zähle wieder einmal mehr die 24 geöffneten Fensterchen meines Adventskalenders. Irgendwie tut es mir gut, einfach so und ohne jeden Grund zu zählen: Orgelpfeifen, Bäume, die Fenster des Nachbarhauses. Und jenes kleine Mädchen fällt mir ein, das ich gefragt habe, wie alt es sei, und es sagt: »Vier«, und ich frage es, ob es denn schon bis vier zählen könne, und es sagt strahlend: »Nein.« Es lebt im Jetzt und ist in diesem Jetzt – ohne zu zählen – für immer vierjährig.

Nach der Vergangenheit die Zeitenwende

Das kleine Mädchen, vierjährig, das wieder einmal zu Besuch ist, spricht von früher. »Früher stand der Tisch aber in der anderen Ecke, früher hing hier ein anderes Bild, weißt du noch, ein schönes Bild, früher hattest du eine andere Frisur.«

Ja, daß früher alles ganz anders war, das ist keineswegs altersabhängig. Schon wenn uns zum ersten Mal das Jetzt bewußt wird, haben wir auch bereits eine Vergangenheit, ein Lang-lang-ist's-her, ein Es-war-einmal. Und nachdem die Erdbeeren nicht mehr so schmecken, wie man sich das vorstellt, müssen sie doch früher anders geschmeckt haben, also besser. Schon seit ewigen Zeiten wohl schmecken die Erdbeeren nicht mehr so gut wie früher, und seit ebenso lange stellen das nicht nur die Achtzigjährigen fest, sondern auch die Dreißigjährigen und die Siebenjährigen – die sehr Erwachsenen nennen das Erfahrung.

Die Zeit vergeht zwar schnell, meinen wir, weil das Jetzt immer wieder gleich jetzt vergeht und es immer wieder, noch und noch, Sonntag wird, immer wieder der gleiche Sonntag, trotzdem, die lange vergangenen waren anders, also besser.

Von der heutigen Jugend ganz zu schweigen.

Also lang, lang ist's her, da hatten wir noch kein Handy. Oder lang, lang ist's her, nämlich früher, da brauchte man das Handy nur zum Telefonieren. Und die Leute freuten sich darüber und staunten, daß dies wirklich funktioniert, und weil sie das so überraschte, setzten sie das Funktionieren dauernd in Betrieb. Und weil es sie so begeisterte, erklärten die Besitzer allen, die noch kein Handy hatten, wie es funktioniert. Ich hatte damals, nämlich früher, keines und wurde dauernd zum Opfer jener Begeisterten. Kann sein, daß ich mir, inzwischen auch früher, nur deshalb eines angeschafft habe, um endlich vom Opfer zum Täter zu mutieren.

Später, aber immer noch früher, hatte ich dann kein Smartphone und wurde wieder zum Opfer, denn alle, die eines hatten, wollten jetzt ihre Begeisterung darüber mit mir teilen. Ich habe immer noch keines – das überrascht mich und hat nichts mit Verzicht oder Askese zu tun. Ich habe einfach keines.

Mein Tischnachbar hat eines. Er spielt darauf rum, er hat wieder was heruntergeladen. Ich werde es zu bestaunen haben, und ich bestaune es – der Sternenhimmel über Solothurn, verbunden mit GPS, der Sternenhimmel über jedem Punkt der Welt. Das wird er nun noch und noch in Betrieb setzen müssen – nicht etwa, um den Himmel zu bestaunen, sondern sein Gerät – es funktioniert, er wird nun wohl viel und weit reisen müssen.

Nun steckt er es weg, und ich weiß zum voraus, was jetzt kommen wird. Er wird jetzt von früher sprechen. »Wenn man denkt, daß es einmal, früher, keine Handys gab«, und er sagt es so, wie ich es erwartet habe, und dann bleibt er am Wörtchen »früher« hängen, sagt, daß früher alles besser war, daß die heutige Jugend verwöhnt und verwahrlost sei, daß man früher eben nicht alles hatte, und ich sage: »Und die Erdbeeren schmeckten besser.«

Das Handy wird immer wieder zum kläglichen Symbol der Zeitenwende – die Vorhandyzeit und die Handyzeit – und der hochtechnische Schnickschnack, auf dem fast alle rumspielen, wird dann zum Anlaß, die guten alten Zeiten zu loben. In diesen Zeiten möchten sie wohl leben – aber mit Handy.

Ich frage mich, ob es wohl je eine Menschheit gegeben hat, die ihre Zeit – ihr Jetzt – nicht als Zeitenwende empfunden hat. Und unsere Jugend haben wir eben vor dieser Wende hochanständig in einer hochanständigen Welt verbracht.

Warum halten die älteren Leute das für eine persönliche Leistung, daß sie ihre Jugend in jener Zeit verbracht haben?

Da fällt mir eine Geschichte ein, die zwar nicht wahr sein kann, die auch nicht hierher paßt, aber mein Vater hat sie immer wieder erzählt, als ich eben als kleiner Junge in eben dieser Zeit lebte:

Eine Frau, die weit oben auf dem Berg lebte, kam, was sehr selten war, hinunter in die Stadt und war überrascht, daß an einem Donnerstag alle Läden geschlossen waren, und in der Straße war ein Umzug mit Kreuzen und Baldachinen und Gesängen, und sie fragte, was denn hier los sei. »Fronleichnam«, sagte man ihr. »Was für ein Leichnam?« fragte sie. »Der Leichnam des Herrn.« – »Was für ein Herr?« – »Jesus Christus.« – »Ach«, sagte sie, »wir oben auf dem Berg hören von nichts, wissen nicht, was auf der Welt geschieht, wir wußten nicht einmal, daß er krank war.«

Wie gesagt, die Geschichte ist nicht wahr.

Vom zu Hause sein im Fremden

Jorge ist Portugiese – vor dreißig Jahren noch versuchte er durchzusetzen, daß sein Name Schorschie sei, ganz weich ausgesprochen, inzwischen und schon längst hat er es aufgegeben und nennt sich selbst so, wie ihn die Schweizer nennen »Chorche«. Inzwischen ist er auch pensioniert, und er ist geblieben. Jene, mit denen er damals, vor über dreißig Jahren, als Arbeiter in die Schweiz gekommen ist, sind schon längst zurückgegangen nach Portugal, ausgerechnet jene, die gut Deutsch gelernt und die ihm immer wieder als Dolmetscher gedient hatten, wenn es um etwas Amtliches oder ähnliches ging.

Jorge hat auf dem Bau gearbeitet. Man glaubt das kaum, ein kleines dünnes Männchen – und nur wenn er sich aufregt und in Rage kommt, wirkt er stark, aber das ist selten.

Etwa dann, wenn ihn auch nach mehreren Versuchen jemand nicht verstehen will, nämlich nicht verstehen kann. Jorge spricht Schweizerdeutsch, er ist überzeugt, daß das, was er spricht, Schweizerdeutsch ist. Er trifft auch den Tonfall, das klingt wie Schweizerdeutsch, aber es ist nicht verständlich. Er spricht sehr leise und bewußt undeutlich. Er hat es wohl so im Ohr, daß Schweizerdeutsch eine undeutliche Sprache ist, so wie auch Schweizer mitunter glauben, daß ihr mangelhaftes Englisch englischer sei, wenn sie es möglichst undeutlich aussprechen.

Als Kind bin ich immer wieder gehänselt worden wegen meiner nasalen Aussprache. Und als es wieder einmal geschah, verteidigte mich einer mit der Bemerkung, daß ich aber dann beim Englischlernen weniger Mühe hätte als die anderen. Das glaubte ich ihm gern und ich hielt mich daran, bis ich dann wirklich versuchte, Englisch zu lernen, und bitter erkennen mußte, daß auch Englisch eine deutliche Sprache ist.

Jorge scheint Schweizerdeutsch zu verstehen. Ich glaube, er versteht Schweizerdeutsch – aber ich bin nicht sicher, weil ich seine Antwort kaum verstehe. Es ist sehr anstrengend, ihm zuzuhören, auf ein Wort zu warten, auf ein einziges Wort, das man »entziffern« kann und mit dem man den Satz, der gemeint war, behelfsmäßig rekonstruieren kann. Ich möchte Jorge nicht beleidigen, seine Überzeugung, daß er dieselbe Sprache spricht wie ich, ist rührend.

Nur einmal wurde er richtig böse und grüßte mich auch einige Zeit danach nicht mehr. Ich hatte ihm ab und zu geholfen, ein Formular auszufüllen, einen Brief zu schreiben. Nun kam er wieder einmal mit einem Formular. Ich schaute es an und sagte: »Ich verstehe das nicht, das ist portugiesisch«, da begann er mich zu beschimpfen, und er machte mich damit hilflos. Er ist offensichtlich Analphabet, schämt sich deshalb und war ein Leben lang damit beschäftigt, den Mangel abzutarnen. Und das gelingt in einem fremden Land und in einer fremden Sprache leichter als im eigenen Land und in der eigenen Sprache. Vielleicht ist er auch deshalb als einziger seiner Gruppe nach seiner Pensionierung hier geblieben, hier, wo er seine Ruhe fand, die Ruhe im Fremden. Und Ruhe finden ist so etwas wie Heimat finden.

Und ich erinnere mich an meinen ersten längeren Aufenthalt in Amerika. Mein Englisch erwies sich als ziemlich untauglich. Ein Gespräch führen konnte ich nicht, aber ich hatte eine gute Zeit, und ich genoß das Alleinsein ohne Sprache. Nein, nicht Einsamkeit, keine Spur von Einsamkeit, viel mehr Erholung von der eigenen Geschwätzigkeit, endlich vom Zwang befreit, reden zu müssen. Und ich entdeckte das Schauen, und ich entdeckte das Staunen und lebte wie ein kleines Kind mit wenigen Wörtern, aber mit Augen und Ohren, und es war mir wohl im Fremden und im Neuen. Ich war später noch oft in Amerika, in New York – und eigentlich wurden alle späteren Aufenthalte zu so etwas wie Erinnerungen an diesen ersten ruhigen, stillen und sprachlosen.

Und auch Jorge erinnert mich daran, wenn er da sitzt in der Kneipe, Tag für Tag. Er ist nicht einsam, nur allein, ein Einzelgänger, aber er gehört dazu, er würde all den anderen fehlen, säße er nicht hier. Und dieses Hier und seine Sätze, die er für Schweizerdeutsch hält und die kaum jemand versteht, und sein Bier und sein Solothurn und sein Alleinsein, all das ist ihm zur Heimat geworden, zur Heimat im Fremden. Im Eigenen, in Portugal, würde er sich inzwischen fremd fühlen.